Gian Luigi Benni

IL SIPARIO DEL CIELO SFUMATO

racconti di naturopatia
(con un pizzico di sogni, iridologia, psicologia… e altro)

Note di psicologia a cura di Margherita Benni

Iridology

Diritti riservati dell'autore:
è vietata la riproduzione, anche parziale, se non autorizzata.
Nomi, personaggi, luoghi e avvenimenti sono il prodotto dell'immaginazione dell'autore.
Ogni riferimento a fatti o persone viventi o scomparse è da intendersi del tutto casuale.

In ricordo di Zia Gianna

*Dedicato a Dixi, Trudi e Crissi,
i tre luminosi fari del mio navigare*

Spesso si pensa che la naturopatia sia una scoperta relativamente recente. Pur avendo un riferimento databile tutte le scienze che si avvalgono di strumenti naturali vegetali, minerali, umori, profumi..., sono di fatto antiche come l'uomo: "Niente di nuovo sotto il sole".
Da sempre l'umanità ha trovato nella natura amica quanto occorreva per nutrirsi, coprirsi, sanarsi, esprimere e sentire i suoi pensieri più riservati, e seppure con alterne vicende anche il percorso della medicina naturale ha contribuito a scrivere la storia di noi tutti.
Questo libro infatti ci parla di sensibilità e intelligenze antiche (eppure contemporanee); ci dice dell'intuizione, di come esserci con il cuore nell'osservazione olistica della persona e del "contatto" con la stessa: quando ciò avviene veramente e in un incontro si crea il flusso di empatia, si compie qualcosa di eccezionale.
Ricercatori e scienziati si sono applicati e confrontati su miriadi di tentate ipotesi ma senza raggiungere nulla.
Spiegabili saranno i risultati che la persona avrà maturato entrando in contatto con il suo terapeuta, naturopata, medico, e di volta in volta, utilizzando gli strumenti totalmente differenti, proposti dagli eventuali professionisti (quanto alla casistica ne abbiamo in abbondanza e di accessibile consultazione).
Quando il contatto trova il suo "luogo" naturale, il dolore, la paura, la tristezza fattisi sintomo sono svelati con estrema delicatezza dopo essere stati sottratti a sipari capaci di criptare storie spesso sconosciute alla persona stessa nella loro simbologia.
Il sintomo è lì, rigido, compattato, spesso mimetizzato, a volte chiarissimo: un incoercibile mal di testa, stipsi intestinale, capogiri, palpitazioni, perdita di interesse per la vita, per gli affetti, il lavoro, altre volte sfidante e per il sofferente che lo alberga è quasi sempre un ospite battagliero che sfodera armi di ogni sorta.

Ma è una strana lotta fatta di luoghi psicologici, impalpabili e tutto diventa comunicazione (privilegiata) tra i due: il cliente e il naturopata.
Anche i silenzi sono veri, e lo sono anche le smorfie, i gesti, le subitanee euforie: sono parole che non parlano, ma dicono e sottintendono messaggi che molte volte non si sanno segnalare; non si è in grado di poterlo fare.
Legami delicati, sottili e talmente forti che interdicono.
E solo loro due sanno, anche senza conoscerli.
Nel libro appaiono personaggi ricchi di "tensioni", le persone sofferenti delle quali l'autore si fa carico in prima persona.
Ci introduce ai loro retroscena, ci parla di loro, di personalità e storie proposti con gentile tratteggiatura sempre rispettosa dei loro mondi portati alla luce con rinnovata sorpresa ogni volta.
I racconti proposti sono carichi di emotività: delineati sapientemente in un crescendo di situazioni vicine al paradosso, ci introducono alle norme e ai diritti, alle paure, agli abbandoni, alle perdite, ai mali e ai malori, alle vite di donne, uomini, ragazzini, le cui verità censurate si accomunano ai segreti silenti e pesanti che in qualche modo irresistibilmente si fanno strada per emergere dal profondo.
Anche il lettore diventa parte di essi, nell'osmosi che si genera, sente di essere accolto al di là, interpretato nei suoi angoli più dimessi, finalmente in pace, di un sentirsi capito col cuore.
È un mistero quello che vive tra cliente e naturopata, ma è tenerezza e amorevolezza il tramite della loro comunicazione profonda a cui il lettore assiste e partecipa.
Oltre agli elementi primitivi del sangue, della terra, delle viscere, della nausea e agli impulsi più istintivi, l'autore introduce sogni che insieme ai sentimenti e alle emozioni partecipano alla ricerca della guarigione.
Quasi come un filo rosso conduttore della lettura la narrazione si arricchisce di simboli che docili alla comprensione del naturopata vengono decodificati offrendoci pagine di ricchezza e vitalità nel cambiamento dei personaggi verso la rinascita dalla malattia.
I sogni elementi senza tempo, senza luogo pur in uno spazio-tempo non terrestri sono davvero belli: detti con semplicità appaiono come

il segno importante di vissuti non coscienti e il naturopata ha la capacità di andare al "di là" del sintomo, con pazienza e cuore li analizza sciogliendo i nodi che affliggono l'individuo nella sua profondità ferita e offesa.
Il filo descrittivo che accompagna la lettura vuole dirci quanto saggia sia la vita che ci circonda e come sia importante riappropriarcene con fiducia.
Riprendiamo ad avere fede in noi stessi e in chi ci ama e ci aiuta a trovare strade differenti con rinnovata gioia di vivere.

Venturina Candida
Psicologa Psicoterapeuta

*L'amore è un cane che
viene dall'inferno.*
(Charles Bukowski)

Piero e la gamba sinistra

La prima luce dell'alba, sottile, arrotolata e fatta lancia, lo trafisse nuovamente ricordandogli di possedere la gamba sinistra.
Un dolore acuto, profondo, rosso e lancinante.
Pensò a una bestemmia più che a un'imprecazione e cercò di levarsi trascinando l'intero corpo verso la spalliera del letto con un movimento lento, facendosi scivolare puntando le mani sul materasso e utilizzando le leve delle braccia.
Certo che "mio padre era un gran brav'uomo".
Si ripeteva questa frase più volte sentita in passato dalle persone che vantavano la conoscenza di questo brav'uomo, anche se, ricordandola in un remoto passato d'infanzia, allora non riusciva a darle un significato accettabile.
Che cosa significasse brav'uomo nella mente di un bambino non poteva essere chiaro.
Forse quella volta, quel giorno o quella sera di quasi Natale, nello scompartimento di un treno locale che li stava riportando al paese, quando si parlava dei regali o meglio ancora dei desideri di doni natalizi e, Piero bambino li esprimeva senza cercare o sforzarsi di renderli realizzabili.
Si fumava allora sui treni, soprattutto gli uomini, fumavano incuranti della presenza e del fastidio che potevano arrecare ai bambini. Se lo ricordava ancor più della figura di suo padre e di sua madre che lo stavano accompagnando e che viaggiavano con lui in quello scompartimento di treno, divenuto nebbioso per l'acre fumo del signore,

burbero e baffuto, che pareva infastidito dai discorsi infantili sui desideri natalizi.
Suo padre si alzò e, allungandogli la mano, gli fece strada verso il corridoio della carrozza dove, lontani dalla nebbia fumogena, trascorsero gli ultimi chilometri del tragitto.
Parlò di sogni, di notti incantate, di improbabili slitte volanti, di pacchi dono e di biciclette rosse fiammanti.
La bicicletta. L'unico desiderio non espresso perché la sua mente, si bambina ma già purtroppo inondata di responsabilità tristemente mature, cercava di censurare a ogni minima apparizione. Una censura di difesa e a difesa di eventuali possibili delusioni. Perché anche solo a quell'età già le conosceva e non intendeva più viverle le delusioni.
La bicicletta.
Odiò, dapprima, questi tentativi biechi di illudere un bambino con promesse allettanti ma improbabili poi, invece, prese il sopravvento quella sottile strana euforia tipica dell'incosciente innocenza infantile (che fortunatamente ancora conservava) e cominciò a lasciarsi prendere dal vortice del gioco che lo trasportava dondolandolo nella gaia bellezza della giostra dell'immaginario.
L'immagine metallica, rossa, col sapore di vernice e di gomma, con l'odore, quasi aroma di nuovo, lo accompagnò alla fine del viaggio in un assopimento che presto diventò sonno e che fu trasportato, chissà da chi, nel suo letto dove i sogni potettero proseguire e perdurare forse per la notte intera.
Una notte di quasi Natale, col freddo pungente di quegli anni in case non ben riscaldate, con lo scricchiolio inquietante dei mobili che parevano giganti notturni dalle forme più disparate e spaventose.

Si alzò a fatica, con molta fatica riuscì ad appoggiare il piede destro a terra recuperando poi la gamba intera e, spingendosi con le braccia, si sollevò in piedi facendo attenzione a non appoggiarsi sul dolore che sentiva a sinistra.
Percorse il corridoio ed entrò, con una fioca luce albeggiante, nella stanza da bagno.
Ci entrò subito dopo di lei e si accorse che si era scordata di attivare lo scarico. Se ne accorse quasi con piacere e senza quel comune soli-

to fastidio che accompagna la persona in un bagno non trovato pulito e accogliente.

Il piacere fu che, in quel momento, i loro liquidi s'incontrassero, si unissero, si mescolassero in quel bagno lasciato non pulito. Era un modo per essere dentro di lei, insieme, con lei mescolato. Almeno fino a quando, con un colpo di polso e un giro di manopola attivò lo scarico.

Sentiva una voglia prorompente di abbattere il castello, così con uno schiocco di dita, come quando, da bambino, lanciava le colorate biglie di vetro; ma non poteva abbatterlo, quel castello non si faceva abbattere perché non l'aveva costruito con esili carte da gioco.

Quello che non sentiva era il sentimento. Quello che non amava era l'amorevolezza senza amore. Quello che temeva era il timore, del gesto e della parola. Quello che non voleva era la non tenerezza.

Il pensiero si mescolò al ricordo, il ricordo alla fatica di un risveglio precoce, la fatica al dolore.

Tornò a sdraiarsi accendendo la radio e infilandosi l'auricolare nell'orecchio.

Dicono che la radio sia la migliore compagna dei pensieri e della solitudine. Dicono che l'uomo solo utilizza la radio per sentirsi meno solo. Dicono che la radio tiene compagnia. Piero si sentiva, ed era, un grande utilizzatore di radio.

Forse era lui che non amava e che non riusciva ad amare.

Non amava la sua infanzia, non amava il suo passato, le sue scelte, il suo presente, la sua gamba e la sua città.

Quando viaggiava da solo in auto, non accadeva spesso ma, tutte le volte che viaggiava da solo in auto inseriva la "sua" musica nel riproduttore solamente nell'attimo stesso in cui varcava la soglia della barriera autostradale in uscita dalla città.

Come un senso di liberazione, di libertà nel lasciarsi alle spalle una città irriconoscibile, caotica nelle emozioni e nei sentimenti, inumana ma soprattutto non sua.

La sua musica lo conduceva verso spazi diversi, non costretti ma ampi e ariosi, limpidi, lucidi, attratti da atmosfere sottili e, a volte colorati con tenui tinte pastello: era lo spazio di un infinito di libertà che sembrava perduto ma, ogni volta che varcava quella soglia e in-

seriva nel riproduttore la sua musica, pareva magicamente riconquistato.
La gamba continuava a farsi sentire, pungeva, bruciava, urlava la sua presenza richiamandolo alla realtà.
E se avesse ragione il naturopata?
Già, il naturopata, che consigliava di utilizzare la bicicletta per offrire all'arto un movimento rotatorio dolce e continuo, secondo lui benefico.
Piero non l'aveva ancora provato, non aveva tenuto in considerazione questo consiglio: già, il naturopata.
Si era rivolto a lui da qualche tempo e, dopo un periodo di scettica riflessione, stava cominciando a mettere in atto i suoi consigli.
Pensò che da bambino veniva attratto dai medici e nei suoi giochi, anche i più banali, la figura del medico rappresentava sempre un ruolo da protagonista.
Con l'andare del tempo, con i vissuti e con le esperienze trascorse, questa immagine perse sempre più consistenza anche perché, e se lo ripeté nuovamente, la classe medica lo aveva profondamente deluso, negli atteggiamenti e nei comportamenti: già, i medici…
Conquistò lentamente la cucina pensando che forse questo era stato il motivo per il quale aveva deciso di consultare il naturopata.
Il pesce rosso che stancamente nuotava, o si faceva trasportare dalla poca acqua della sua vaschetta, parve guardarlo con compassione.
Piero lo fissò un momento avvertendo una sensazione di disagio profondo. Colpì con le nocche la parete del contenitore. La bestiola non si spaventò, quasi nemmeno si scostò, trasmettendo un'apatia tutta sua.
Avrebbe dovuto dargli libertà. La libertà della vita, del vero senso della vita.
Come quando, adagiati su una piccola barca di legno, ci si lascia trasportare dalla lieve corrente di un fiume dolce o di un mare calmo, e la tranquillità dell'istante ci propone di toccare, di sentire, quasi di far nostro, il tappeto sottostante che permette questo oleato e lento scivolio.
S'immerge la mano, ma solo a metà, nell'acqua lucente, facendo attenzione di porre il palmo controcorrente, e si sente questa piccola

forza, questa grande energia che ci accarezza e ci fa comprendere il mondo: il suo trasportarci, il suo toccare, il suo sentire, il suo non potersi fermare, il suo non potersi e non volersi arrendere. Il non subire, il lasciarsi andare, il farsi scorrere avvertendo, con la mano per metà nell'acqua, quel dolce e piacevole attrito che rappresenta le avversità della vita quando, comunque, si decide di procedere, di percorrerla, di assaporarla, in un solo modo di viverla.
Da troppo tempo Piero si scervellava cercando improbabili motivazioni al suo non aver più voglia, non aver più voglie. Il non trovare spiegazioni non sempre è sintomo d'incapacità: potrebbero non esserci, potrebbe non essere vero, potrebbero, le voglie, appartenergli solamente per ridurre, se non per calmare, un'insoddisfazione fin troppo chiara e banale al punto di smetterla di fingere e di non riconoscerla.
Pensava a Giulia: tu non hai più voglia di me!

Tu non hai più voglia di me, da tanto, troppo tempo. Da un tempo ormai dilaniato in un'attesa prolungata tanto da sembrare ormai infinita. Non hai più voglia di me e la ricerca di altro per completare un'esistenza compiacente mi fa sprecare energie insensate. Basterebbe la tua, la nostra voglia di noi per completare una vita e un quotidiano, ricchi e corposi come solo noi siamo riusciti a costruire con fatica, in passato non avvertita perché, appunto, pieni e colmi di noi.

Si sentiva sprecato, sentiva di sprecare forze immani nella ricerca di alternative che potessero completargli la vita adesso, la vita di adesso, la bella vita di adesso. La completezza, pensò, sarebbe la voglia di noi. Comprendeva di avere molta difficoltà a cercare altre attività che potessero riempirlo e completarlo, perché non era possibile colmare il vuoto della mancanza di voglia con forme, più o meno maniacali, di attività o interessi esterni a quelle che considerava ancora come le loro voglie.
Non si trattava di sentimento, certo che no, si trattava solo di voglia.
Smise di cercare appagamenti fittizi, smise di fingere di soddisfarsi con spettacoli, gite, radio, eventi sportivi o cibi saporiti. Smise di

sprecare nello sprecarsi. Solo recuperando la voglia di Giulia per lui, si sarebbe potuto ancora sentire persona e uomo completo. Allora si che, con piena soddisfazione avrebbe potuto di nuovo assaporare il pieno della vita con spettacoli, gite radio o allettanti cibi saporiti. Se così non fosse stato, sarebbe sempre e comunque mancato un tassello, il più grande e il più importante, nella piena bellezza della sua calma e straordinaria vita.
Era attanagliato, in quello strano primo risveglio di quella strana mattina, dalla piacevole agonia che si avverte nell'attesa che accompagna il preludio di un evento. Come quell'orgasmo agonistico che traspare nelle tenniste d'alto livello quando imprimono talmente tanta forza ai loro colpi di racchetta, che si accompagnano a lancinanti urli che potrebbero definirsi come agonistici orgasmi.
Ripensò a quel naturopata: chissà perché aveva scelto quel tipo di lavoro. Perché non riusciva più a sopportare le sofferenze del mondo?.

Il piedistallo della ragione e delle ragioni si è sempre, a lungo andare, rivelato fragile e pallido, come il gradino del ragionato ad ogni costo si è sempre rivelato stupido e sgretolabile.
Hai voluto calare il sipario in modo intonato, lievemente, quasi con gesti gentili e impercettibili, ma la manovra è durata troppo a lungo cosicché il sostegno è ceduto facendolo crollare e, con la sua importante pesantezza, ha travolto gli attori sottostanti impegnati a recitare l'ennesimo atto di una commedia troppo infantile per rispecchiare la realtà.
È precipitato addosso, con tutta la sua imponente e brutale violenza, alla prim'attrice ancora intenta a rappresentare e citare odi sull'inutilità del mondo corporeo.
Ma la platea non capiva e, rimanendo assente, si sentiva annoiata nel non riuscire a percepire, tra le pieghe di una forzata e raffinata dolcezza, quella profonda sincerità e quella concreta convinzione che invece la commedia, e lei stessa, s'illudevano di rappresentare.

Nascondendosi o rifugiandosi nelle ombre serali si rischia l'oscurità dell'amore giungendo alle pugnalate e alle sensazioni reali: quelle del vivere quotidiano e dei sentimenti verso le persone cosiddette comuni nell'infinita comune realtà. Anche i sentimenti del proprio corpo verso corpi altrui.

Attenti, la muraglia sta diventando sempre più spessa, tra poco diverrà difficoltoso superarla ma, forse ciò non interessa e potrebbe servire da riparo verso corpi sconosciuti, verso le loro parole, i loro gesti e le loro convinzioni.
Un riparo dalla durezza del cammino e dalle emozioni in ogni loro possibile forma.
La mia muraglia non credo sia insormontabile, ha una porta e, al contrario di altri spettatori apparentemente più attenti ed impegnati, il mio indirizzo è noto e la porta si apre semplicemente spingendola: la soglia si varca anche col bagaglio di fede, di bontà, di cattiveria o di cinismo che, poco importa, nella casa dello spettatore svogliato e disinteressato trova posto e accoglienza chiunque abbia il coraggio di entrarvi per portare la personalità di attori sinceri e convinti della parte che si impegnano a recitare.
Come lucidi amanti nella sera capovolta dal sogno.

Gli occhi di luna che Giulia, con lo sguardo, sapeva accendere, sembravano spenti o indirizzati altrove. Piero soffriva molto questa deviazione, ancor più del dolore che trafiggeva la sua gamba, ancor più del rosso intenso che accompagnava questa sofferenza prolungata, ancor più di quelle maledette parole non dette, di quei continui pensieri stagnanti negli angoli angusti di una mente provata.
Voleva staccare la gamba da quel corpo ingombrante, voleva rinunciare, potendo, al corpo intero: che bello se fossero rimasti solo gli occhi di Giulia a coccolare il suo cuore incrostato di tristezza.
Sedette a fatica, in quel giorno di alba nuova e fredda, accanto ad una bottiglia di acqua medicata: quel naturopata oltre alla bicicletta gli aveva consigliato di bere, al risveglio, molta acqua con un composto di *rosmarino* avente lo scopo di pulire i suoi visceri oltre alla rosa canina (vitamina c) per un'azione antiossidante. Non ci credeva gran che, ma l'affabilità, il trasporto e la sensibilità di quell'uomo lo avevano convinto ad abbracciare, almeno per un po', le sue convinzioni e le sue filosofie.

Tracannò l'intero intruglio mentre i pensieri del primo mattino aprivano il sipario sul giorno nuovo. Finì la bottiglia e quasi si dispiacque: cominciava anche a piacergli quel sapore un poco amarognolo.
Si alzò lentamente appoggiando le mani al tavolo facendo leva con le braccia, e il rosso intenso si tramutò in dolore arancione irradiato al viso intero.
Pensò ai primi incontri con Giulia, alle loro prime uscite, alle loro complicità ancora immature.
 Mosse qualche passo verso la finestra, scorse il primo sole tra i tetti della sua città non amata e decise, in quel dolente giallo di pensiero, che forse un'uscita di qualche minuto in bicicletta gli avrebbe anche potuto giovare.
Pedalò lentamente e ben coperto, tra le strade ancora deserte e un leggero vento che lo infastidiva spirando contrario.
Il ricordo fattosi pensiero scorreva per il sentiero ghiacciato di una mattina sotto zero, le pedalate offrivano un suono amico, un sibilo, un sottile filamento di gomma e neve, di asfalto e ghiaccio, di respiro e cantilena. Non si scivolava, si accarezzava, si allungava il respiro nel profondere ancora un piccolo sforzo, nel trasportare bici e corpo sullo stesso tragitto dove il pensiero, che rincorreva il ricordo, faceva da battistrada alla figura rossa metallica e blu umana che, felicemente ansimando avanzava quasi serena.
Chissà perché i pensieri, man mano che procedeva e assaporava il fruscio morbido delle ruote sull'asfalto, divenivano sempre più chiari, meno rabbiosi, meno carichi d'intensità emotive; anche il colore della sofferenza, del suo dolore, pareva stemperarsi.
Magia della bici? Sogno di leggera e improvvisa libertà?
Piero non se lo chiedeva, procedeva lentamente indirizzandosi verso i piccoli sentieri sterrati del parco che aveva raggiunto e, cercando di attivare anche la gamba dolente, si divertiva a calpestare con le ruote i frammenti di rami che trovava sul percorso.
Lo chiamava il bosco, quella piccola oasi verde ai bordi e a corolla della città.
Avrebbe tanto voluto chiamarlo il suo bosco, così come avrebbe tanto voluto poter chiamare i suoi occhi di luna gli sguardi di Giulia, ma

sentì che entrambe le cose non gli appartenevano, entrambe le cose erano condivise: bosco e occhi appannaggio non solo suo.
Lo assalì un po' di tristezza, più per gli occhi che per il bosco.
Capì la fatica delle sue battaglie trascorse, capì la sua vita e il suo passato non certo in discesa, capì che la piccola salita sulla quale stava spingendo il rosso e il blu della bicicletta lo stava impegnando a dismisura, con un respiro affannoso che riempiva tempie e cuore ma, stranamente, non le gambe.
Ancora il ricordo, ancora Giulia e i loro ricordi.

Percepisco la paura nella tua voce, cara Giulia, tra le pause delle tue parole; forse la vedrò anche nella luce sempre accesa dei tuoi occhi. Il tuo spavento mi rattrista, rattrista il giovane uomo al quale rimane l'animo sorpreso e la mente stordita. Posso comprendere, accettare, capire tutto ciò che vuoi, tutto quello che intendi; ma non posso concepire che non ti senta grande, all'altezza e in grado di intendermi e non fraintendermi. Di intendere il profondo. Forse l'illusione non l'ho creata io, forse tu, o forse nessuno. Cercherai di convincermi che tutto ciò può essere anche racchiuso in un unico solo ed esclusivo rapporto. Certo se ti fa star bene credilo pure, ma attenzione a non ingannarti e a non ingannare la luce di dentro che rappresenta il vero sentimento. L'importanza delle cose, delle persone, di tutto ciò che noi siamo e che viviamo, è notevole e siamo fortunati a saperlo ammettere, ma tutto ciò non può essere e rappresentare l'assoluto e l'esclusivo. Anche il sogno che cerchiamo di spiegare non avrebbe senso se non vi fosse tutto resto: il resto che completa, che completa le vite, i sentimenti e le esistenze felici delle persone che vogliono amare la vita ma, soprattutto, la loro pulita esistenza. Non fingiamo di non capirlo. Anche il capire dà un senso alla vita, il senso migliore e, su questo, ci s'intende alla perfezione. Sono ancora righe, ancora parole, ancora lunghi discorsi che vogliono spiegare: non certo spaventare perché non può spaventare l'amore, non può spaventare il sentimento, non possono spaventare le vere profonde e sentite emozioni. Sì, voglio anche l'emozione, voglio l'amicizia grande, il diverso amore: voglio il sentore. Senza diritti, senza doveri, senza buoni o cattivi pensieri che le rispettive situazioni possono po-

ter creare: certo voglio anche il mare, ed è anche con ciò che esprimerò la mia voglia di amare.

Non si sa quanto amiamo la radio noi marinai. Amore e odio, vita e morte, segreto e rivelazione tutto allo stesso tempo, senza età: questo è il mare. Se se lo trovasse tra le mani, se le laverebbe. Non devi subire ne farti subire dalla vita; devi solo accompagnarla e farti accompagnare: ma dove vuoi tu, sotto qualunque cielo è lecito pensare. Troppo intelligente perché sia completamente sereno. Molte volte non si è contenti del nostro star bene, magari lo vogliamo, lo desideriamo ardentemente ma, a volte la gioia del nostro star bene non ci rende contenti. Una persona che cerca e che non ha ancora trovato; il peso dell'inquietudine può essere leggero se c'è la consapevolezza della ricerca. Comunemente si pensa che l'uomo non sia tendenzialmente capace di amare, ma credo, che l'uomo, quasi istintivamente, non sia capace di cambiare. È come se i fragori caotici della città e la confusione delle genti si frapponessero alla crescita. Il continuamente fare costringe per forza a dare un significato a tutto ciò che si fa. Un po' di non fare pulisce la mente e rifocilla i sensi. Emana fiducia. Sdraiato sul divano, posseduto da una stanchezza che non gli permetteva nemmeno di girarsi per trovare una posizione più comoda: troppa fatica, meglio rimanere così, supino a contarsi le membra e fissare il soffitto separato dal mondo. Ammettendone pure l'esistenza anche Dio mi lasci stare e smetta di importunarmi e prendermi di mira. Provate a guardare anche solamente una parete o un luogo da un angolo diverso: allora nulla apparirà come prima. Anche il quadro, lo stesso quadro di sempre, sembrerà nuovo e differente. La morte, in quanto tale, non mi spaventa e non può spaventare come invece lo fanno i suoi avvicinamenti intesi come corpo vecchio e malandato e come le possibili malattie.
La sindrome di Lazzaro.
Una volontà spiccatamente serena di aiutare chi veramente sta male.

Dove s'incontrano due mari, a oriente e occidente, è il luogo ideale per urlare, gioire, piangere, esultare. Dove si baciano i due mari si scalcia il vento, impugnando l'aria che abbraccia il monte: luogo ideale per vivere e per morirci.
Gli occhi non bastano per vedere tutti i colori che il vento trasporta sulle lunghe scie sabbiose; a destra, a sinistra, anche lontano ma, gli occhi non bastano per vedere la vita nella sua possente e pulsante presenza.
La porta del sole si apre al mare e la vista è felice quando il vento, scompigliando la mente, aggiusta i pensieri. Lontani cielo e vapori, solo spazi immensi e gradevoli odori. Il passo lo senti, il respiro lo ascolti e l'aria gaia ti possiede dolcemente con frastuono di calori e di colori. Capo Rama è lì ad aperte braccia e ambrato suolo.
Capo Rama è tanto quanto Zadina è poco, è niente: dove il tutto è niente. Dove il profumo intenso dei pini ti coccola il respiro e si sposa con lo spirito. Dove la vista rinfranca l'anima e la colora di pace. Ci venivamo sempre, appena potevamo, per stemperare i momenti critici, quelli più confusi dettati dal troppo che si riduce al niente. Senti cantare aghi e foglie sotto i piedi e sembra di volare su un tappeto importante che dipinge i sentimenti dei migliori pensieri. Poi la sabbia, ancora profumo, se mai l'odore del mare. Zadina è poco, è niente, è solo un piccolo scrigno di sensazioni che scivolano addosso ai molti ma che rimangono incollate ai pochi.
Ai pochi del tutto e del niente.

Quando il sentiero comincia a scricchiolare e i segni della città iniziano ad apparire, il capolino nella mente ti richiama con verso quasi soave. La cupola, non romana, affiora dall'alto e quasi dispiace che la città si possa avvicinare. Profondo è il contorno in un groviglio di pensieri anche lontani ma capaci di penetrare nell'immenso una voluttà antica. Guardava con sospetto e quasi con voluttà allampanata mista a qualcosa d'incomprensibile, coloro che bramavano la loro città osannando il desiderio di poterci al più presto tornare. Non capiva quel sentimento, gli sembrava molto distante ma forse lo invidiava. E non poco. Lui che non amava la sua città, che non amava il luogo della sua provenienza: si sentiva molto solo.

Percepì un fastidio somigliante a rabbia e, pur amando altri luoghi e altre città le sapeva non sue, perciò non le poteva profondamente conoscere, vivere e decantare come terre proprie. Si adirava per questo, lui cittadino del mondo senza un luogo del mondo al quale sentire di appartenere affettivamente. Anche solo per ritornarci e percepire quell'emozione forte, prorompente di un figlio che torna ad incontrare il suolo padre e la terra madre. Vuoto e sconsolato.
Come, svegliandosi dopo una notte di sonno finalmente ristoratore, si sente bene ma, per Piero, il sentirsi bene era sempre stato un po' pericoloso perché lo spingeva ad eccedere in tutto ciò che faceva. L'entusiasmo attivo, così lo definiva, lo portava a chiedere sforzi esagerati sia a livello fisico che mentale per cui, dopo qualche ora di frenetica attività, i sintomi si ripresentavano quasi più intensi di prima e, stemperata in un'imprecazione, la ragione pareva prendere il sopravvento con imperdonabile ritardo. Troppo tardi, come sempre troppo tardi. Fosse stato ottimista, si sarebbe rallegrato delle ore di buona energia ma non lo era, perciò si trovava di nuovo a crogiolarsi nei suoi sintomi di sempre che, come sempre, dopo sforzi prolungati sembravano anche più acuti, feroci e di difficile gestione. Ogni persona ha dei limiti ma, ogni persona, vive nell'illusione di poterli superare.

Arrivò all'apice della strada e dei pensieri, si fermò girandosi per guardare, dall'alto, la salita appena compiuta: non era poi così corta! Compiaciuto da sforzi e riflessioni riprese lentamente a pedalare, percorse qualche centinaio di metri accompagnato da quel sollievo che si avverte dopo sforzi intensi o picchi dolorosi appagati da momenti di riposo e di abbandono.
Si guardò intorno, da lassù, respirando forte, maledicendo il mondo dei cattivi pensieri, maledicendo scelte improprie e persone fuori luogo, maledicendo e benedicendo gli sforzi prodotti senza e con la bicicletta e, finalmente, con liberatorio sollievo, la discesa!
Ti lascia senza fiato, stordito, col viso contratto come a chi manca il respiro, con l'occhio bruciante di chi non rispetta il sole.
Si può barcollare nei pochi passi di strada e cercare nuovi orizzonti; non serve perché il tuo amore rimane statico, fisso, piantato sui suoi

passi in un solo luogo, dove tempo, corpi, respiri e anime non hanno bisogno d'altro.
Lentamente inizia la discesa, voltandosi ancora, una e più volte, pensando ai respiri antichi e ai metri pesanti e non più leggeri.
Rientri nel mondo con cuore sottile. Accarezzi l'anima con mano ferma e rileggi la vita partendo dalla polvere, tanta e irritante.
Si lasciò trasportare completamente, seguì col capo le due curve veloci e non toccò nemmeno i freni: voleva godersi in tondo quel piacere strano di essere finalmente condotti senza essere conduttori.
Un po' di pace, di libertà ariosa, di momenti trafitti, di mente non coinvolgente.
Staccò anche i piedi dai pedali, come per evitare anche un minimo accenno di governabilità diretta e, si sentì libero, libero stavolta non di salire ma di scendere e di lasciarsi trasportare, non certo dagli eventi ma dalla vita e dalla sua, questa si solo sua, bicicletta.

Un'altra mattina gialla di umore e rossa di fuoco, dove l'aria sembra costantemente in difficoltà e il sogno notturno ha tutt'altra intenzione che quella di abbandonarti.
Inizia una camminata lenta, senza molta convinzione, percorrendo un tragitto chiuso da un supporto metallico e corvino con l'irta salita che finisce in polvere con una smorfia ancora assopita.
Il profumo svanisce chinando la testa per entrare nel tempio piccolo e antico dove lì, con abbraccio stretto e sicuro, ti pervade il tempo, ti coglie di traverso, ti colpisce furente con il pugno della fede storica nel delicato centro dell'anima.
Un pugno, sferrato e diretto al centro della sola anima.
Un'altra mattina, l'ennesimo risveglio albeggiante, dopo molto tempo una mattina rosa, di aria e di dolore: una mattina che non sembrava più così lontana. Anche la città vista, sentita e percepita in questo nuovo contrasto di anima, non certo felice ma almeno rinfrancata dal sollievo di un dolore fino allora insopportabile, sembrava diversa.
I colori che con l'aria fresca del mattino entravano col respiro si facevano via via più intensi ma si staccavano, felicemente e piano piano dalla sensazione di un dolore che, lungi dall'essere dimenticato, era comunque inteso e sentito non più come facente parte della sua

esistenza ma accantonato, anche se in bella vista, e posato nell'angolo più prossimo del pensiero e della sensazione.
Per Piero questo era qualcosa di talmente nuovo e inimmaginabile da farlo sentire quasi felice.
Una città certamente antagonista ma quasi meno nemica, una voglia di sentire il proprio corpo interamente, gamba compresa, e non spezzettato dai disagi.
Anche Giulia, che ancora senz'altro dormiva in un luogo lontano, veniva, ora e finalmente, percepita come meno antagonista, meno nemica, meno distante.
E se la raggiungesse?
Balenò questa idea nell'immediato sentirsi trasportare dal vento di città, per ora e per fortuna non ancora grigio.
Sarebbe stata un'iniziativa unica: lui che da solo si accingesse a intraprendere un viaggio importante trasportando corpo, bagaglio e gamba per raggiungere Giulia volendo raggiungere Giulia.
Ne sentiva così prepotentemente la mancanza?
Probabilmente sì e soprattutto voleva riprendere un rapporto sentimentale non più accompagnato e condizionato dai colori del suo dolore.
Pensò a un velluto d'acqua lungo e immenso, dove poter lanciarci sopra le bocce dei ricordi ancora presenti.
Rimbalzano sulla sponda dell'orizzonte ritornando lentamente, cambiando direzione e allontanandosi, forse per sempre.
In un luccichio di cielo rosa si spense la notte con picchiate volanti vibrate nell'aria e disegni decisi e leggeri.
Arrivò, nella sua mente la palla, la prima, che taglia il mare come un rasoio e lo accontenta portandoselo in alto.
Si alzò, non di scatto chiaramente, e s'impressionò del fatto che permanesse il rosa nella sensazione dolorosa della gamba: mai prima d'ora si era potuto permettere di alzarsi da una seduta senza l'aiuto di qualcosa o di qualcuno al quale aggrapparsi.
Continuò a sentire e a vedere rosa, sorrise dentro e fuori coccolando questa nuova strana ritrovata sensazione; il leggero dolore che gli pungeva la gamba lo accompagnò davanti all'armadio che aprì con un solo gesto del braccio, ancora una volta senza aiuto, quasi facendo

perno su quella gamba che sembrava aver perduto in passato e che ora invece riconosceva finalmente sua.

Cercò i colori più che gli abiti, cercò le situazioni più che i vestiti e, rivedendo la propria buffa immagine riflessa nello specchio di fronte, sorrise nuovamente compiaciuto e soddisfatto.

Trascinò il bagaglio per tutta la casa appositamente per far rumore, appositamente e lentamente per sentire questa valigia stracolma di vestiti, pensieri, colori e dolori, parte importante del suo nuovo modo di intendersi e di intendere la propria esistenza.

Arrivò sulla soglia, aprì la porta di casa, uscì sul ballatoio e il calcio che sferrò (proprio con la gamba dolente?) alla porta per richiuderla alle sue spalle, rappresentò per Piero il calcio alle sue passate sofferenze, alle sue brutte sensazioni, ai suoi tormenti di vita e di rapporto.

Trascinò il bagaglio per strada pensando a Giulia che quasi non credeva alle parole sentite durante la breve ma intensa telefonata appena ricevuta, trascinò gamba e corpo in un inizio di tragitto nuovo e lungo, magari difficile, senz'altro intrigante.

Trascinò i suoi pensieri, le sue gioie, i suoi dolori, le sue sofferenze, le sue malinconiche sensazioni.

Trascinò il tutto ma non se stesso, perché se stesso non doveva trascinarlo ma solo viverlo, viverci insieme, accondiscendere al suo essere, convivere con i suoi ritmi, i suoi percorsi, le sue sensazioni e i suoi colori.

Un pizzico di...*ROSMARINO*

Api d'oro cercavano il miele. Dove sarà il miele? E' nell'azzurro di un fiorellino, sopra un bocciolo di rosmarino. (Federico Garcia Lorca)

Il rosmarino (ros marinus – rugiada del mare) ha caratteristiche fortemente stimolanti sull'organismo in quanto riscalda, penetra e tonifica. La sua azione energizzante è utilizzata principalmente per le astenie, le convalescenze e le forme di stanchezza anche a livello mentale.

Ma le proprietà depurative, soprattutto a livello epatico, non sono da sottovalutare poiché rappresenta un valido apporto nella regolazione delle funzioni di fegato, bile e milza.

Infatti, Teofrasto (372 – 287 a.C.) nel suo "Trattato sugli odori" ne vanta le importanti proprietà in tutti gli scompensi a livello digestivo.

Tracce della pianta furono rinvenute nelle tombe egizie: greci, etruschi, romani, bruciavano rametti di rosmarino in segno di offerta agli Dei a scopo purificatorio.

All'inizio del secolo scorso in Francia, si utilizzava bruciandolo nelle corsie degli ospedali per la sua azione fortemente disinfettante.

Culpeper (1616- 1654) paragonava l'effetto del rosmarino a una vera e propria sferzata di energia consigliandolo come decongestionante per espellere le impurità dell'organismo.

Il rosmarino era uno degli ingredienti base della famosa Acqua di Ungheria: un elisir di giovinezza creato nel XVI secolo da un monaco per mantenere bellezza e splendore nella settantenne Isabella regina d'Ungheria.

Un pizzico di... *PSICOLOGIA*

Il dolore fisico crea in ognuno di noi vissuti, reazioni ed emozioni diverse tanto che è possibile considerarlo come una fusione di due componenti: una oggettiva data dal dolore corporeo e una soggettiva data dalla componente psicologica legata alla sofferenza.
È proprio la sofferenza psicologica quella che amplifica le sensazioni dolorose rendendole sicuramente meno gestibili e più spaventose.
La componente psicologica, di fronte a un dolore, soprattutto se cronico, ci fa tendere a vivere in funzione di quella sofferenza portandoci a rivalutare in qualche modo tutta la nostra vita. Il tempo assume allora caratteristiche diverse, i vissuti vengono osservati in base a una nuova prospettiva che diventa totalizzante e, in un certo senso, invadente.
Quando questo avviene, il dolore rischia di portare la mente in luoghi bui, in spazi dove prevalgono la stanchezza, l'assenza di desiderio, l'immobilità, l'incertezza, il dubbio, l'assenza di interesse, la rabbia, la tristezza, la solitudine.
Piero si trova a vivere con un dolore alla gamba che lo porta a riflettere e analizzare la sua vita e il suo rapporto di coppia: il passato, il presente e il futuro. Come se fosse proprio il dolore il motivo scatenante di tutte le sue riflessioni, i suoi dubbi, le sue incertezze.
La soluzione più semplice appare quella di potersi distrarre dal dolore e contemporaneamente evadere da quel ciclo di pensieri grigi e fumosi. Soluzione semplice a dirsi ma difficile da attuare.
Piero inizia a pedalare, un'attività che inizialmente coinvolge il corpo per arrivare fino alla mente, fino ai pensieri, fino alle riflessioni. Ed è come se a ogni pedalata le idee si facessero più limpide, meno scure, più colorate.
Sarà l'inizio per Piero di una strada che lo porterà ad alleviare la sua sofferenza, a rasserenare le sue emozioni, a migliorare la qualità della vita che potrà tornare a essere in funzione di qualcosa di più di un "semplice" dolore.

Occorre luce perché muti una credenza dell'anima;
e la luce non può essere data in nessun modo
da una pena inflitta al corpo.
(John Locke)

Antonio: l'operaio con la moglie lontana

Entra, quasi di corsa, con una premura e una frenesia che, poi si scopriranno essere parti integranti della sua vita, del suo modo di vivere.
Fa molta fatica perfino a sedersi, mascherando l'insicurezza profonda di chi, senz'altro, ha molto da raccontare e forse da raccontarsi ma sente che il tempo non gli può bastare.
Ne è già passato tanto di tempo, tanto sul proprio cammino che adesso sembra non avere più spazio da poter seguire e raccontare.
Si siede in punta di seggiola il Signor Antonio e, da subito, si nota la sua impazienza, la sua voglia di comunicare, la sua mancanza di coraggio nel raccontare.
Il viso scavato, magro con i lineamenti tirati su una barba incolta.
Pochi capelli sopra ad occhiali spessi bagnati dal sudore della fronte ed un corpo magro, asciutto, quasi ritratto.
Vestiti semplici: l'indispensabile per coprirsi.
Pantaloni che sembrano appesi a una figura esile che, se non fosse per la carica nervosa che s'intuisce, si direbbe stesse da un momento all'altro per cadere, per lasciarsi andare, barcollando per poi stramazzare.
Ma Antonio non si lascia andare, ha molta difficoltà.
Vive molte difficoltà.
Cerca aiuto ma ancora di più vuole comunicare o meglio vuole cercare comprensione.
Comprensione per scelte difficili, sofferte, probabilmente non completamente volute, senz'altro forzate.
Il suo lavoro lo stanca.
Lo stanca fisicamente mentre la sua mente viaggia in maniera forsennata, velocissima, pressoché isterica.

Viaggia, purtroppo per lui, solo nel reale, solo nella realtà, nella sua realtà di uomo profondamente solo anche se attorniato da persone, da familiari e parenti che, dice, gli vogliono bene.

Lavora in una fabbrica con mansioni di operaio meccanico in questa cittadina di provincia.

Fa questo mestiere da molto tempo con un'interruzione, durata all'incirca sei mesi, più o meno due anni fa.

Infatti si era sposato e, dopo qualche tempo, capendo che la moglie soffriva la distanza dal suo paese di origine e probabilmente anche dai familiari, decise (Antonio, la moglie o entrambi?) di trasferirsi al sud.

Sud che si presentò con tutti i suoi risvolti problematici, primo fra tutti la difficoltà nel trovare lavoro.

L'ostilità dei parenti della moglie e degli abitanti del piccolo borgo meridionale lo fecero tracollare.

I rapporti con la neo moglie diventarono da subito molto tesi e venne presa la decisione (da Antonio, dalla moglie, da entrambi?) di ritornare al nord dove almeno un lavoro avrebbe loro permesso una vita un poco più dignitosa.

Passarono ancora alcuni mesi durante i quali la moglie di Antonio cadde in uno stato di tristezza che, lui racconta, condizionava completamente il loro rapporto al punto tale da decidere (Antonio, la moglie, entrambi?) di rimanere al nord da solo lasciando che la moglie ritornasse al suo paese natio con la speranza di potersi riunire appena possibile.

Riprese quindi a vivere con i vecchi genitori e, per sua fortuna, fu riassunto in fabbrica con le stesse precedenti mansioni.

Erano ormai tre anni che conduceva questa vita. Distante dalla moglie che poteva vedere solamente durante i periodi di vacanza.

Il problema che riferisce è una palpitazione cardiaca che lo accompagna da ormai molto tempo e che, tra alti e bassi, interviene a scandire i momenti della sua giornata procurandogli sensazioni di "spiacevole paura", definita con questo termine talmente soffice da fare a pugni con il suo stato nervoso.

Da circa un anno non riesce ad avere un sonno soddisfacente e il suo corpo continua a inviare segnali di profondo disagio.

Si tocca in continuazione il viso, il naso soprattutto: un naso molto pronunciato di chi ha assoluto bisogno di comunicazione, di incontro, di scambio, di comprensione, di solidarietà.
Dietro questi occhi infossati, ingranditi dalle spesse lenti, si percepisce un senso di malinconia e di tristezza che cerca di celare con la frenesia continua e costante.
È tristezza ma anche dolore. È malinconia, è sofferenza. È rabbia, è rancore.
Durante il colloquio parla freneticamente e, in più di un'occasione cerca di portare lo scambio su toni amichevoli, dandomi del "tu" e cercando di rendermi partecipe e complice di quello che mi sta raccontando e soprattutto di quello che sta vivendo.
È molto abile in questo, Antonio.
Talmente abile che sembra non abbia mai fatto altro in tutta la sua vita.
Vita che fa scorrere, tra fiumi di parole incessanti e fluide come cascate montane che si rincorrono, si toccano, si accapigliano senza mai arrivare, senza mai giungere alla fine per paura di farsi male.
Il male maggiore è la sua incapacità nel decidere.
La sua paura di stare da solo.
La sua rabbia trattenuta.
Il suo sentimento non espresso.
Mi chiede aiuto Antonio, è venuto per questo, ed io sono pronto a offrirglielo; con le piante che fanno al caso suo e che richiamano i segni che analizzo nelle sue iridi nervose che mi segnalano un forte trauma proprio nel momento attuale.
Provo, garbatamente e pacatamente, a riferire questi elementi di valutazione e mi trovo con sorpresa di fronte ad un netto rifiuto.
La persona che fino ad ora era stata quasi logorroica nell'esprimere i suoi disagi e le sue vicissitudini, si blocca di colpo.
Diventa rigido, lo sguardo vitreo, marmoreo.
L'espressione minacciosa di chi si sente indagato o di chi è stato scoperto o smascherato.
Capisco che forse non avrei dovuto azzardare tanto.
Forse avrei dovuto limitare la mia analisi ai soli problemi dichiarati.

Cerco di riparare, conduco il colloquio verso la fine con i consigli del caso e mi avvio a congedare Antonio con i saluti di rito.
Sulla soglia mi saluta stringendomi calorosamente la mano ed offrendomi l'unico sorriso di tutto il tempo trascorso insieme.
È un sorriso che mi tengo stretto perché in quel momento rappresenta il segnale che cercavo.
Antonio se ne va e mi lascia a pensare.
A pensare a un uomo che forse non mi ha detto tutto, ma senz'altro mi ha detto molto.
Un uomo che porta con sé il segreto di una sofferenza e forse di un trauma ancora più profondo di quello espresso.
Un uomo in cerca di amicizia ma ancor più di affetto, sicuramente di amore.
Ed eccolo di nuovo Antonio, dopo circa un mese, che mi cerca e vuole incontrarmi prima ancora del periodo che ci eravamo prefissati.
Ci incontriamo in un pomeriggio invernale, dove la luce esterna è talmente cupa che anche il più ottimistico dei sorrisi non riuscirebbe a rompere la cortina nebbiosa dell'umido freddo padano.
Ma lui entra sorridendo.
È un poco meno teso e meno frenetico nelle parole e nei movimenti.
Mi riferisce di aver avvertito con minore frequenza le palpitazioni delle quali soffriva e anche di riuscire a dormire un po' meglio.
Ma, mi dice ridendo, come è possibile avere sonni tranquilli vivendo con i vecchi genitori che ti spiano e ti trattano da bambino a quarant'anni?
Bravo Antonio, stai prendendo coscienza, e allora?
Non spingo il colloquio oltre a quanto c'eravamo già detti la volta precedente e cerco di rimanere esclusivamente sui riscontri che possono esserci stati dai rimedi che gli avevo consigliato un mese prima.
Invece è proprio lui che mi ricorda il segno traumatico cui avevo accennato nel precedente incontro e mi chiede di riconfermarglielo.
Lo faccio e dichiaro che, con tutte le riserve del caso, molto probabilmente in quel periodo della sua vita (periodo recente se non attuale) doveva aver subito un trauma, un dolore, una sofferenza piuttosto grave.

Comunque una situazione che l'aveva colpito in modo particolare.
Mi guarda con intensità staccando, dopo un poco, gli occhi da me e, togliendosi gli occhiali, china il capo iniziando a piangere.
Piange forte Antonio, forse come non l'aveva mai o ancora fatto.
È un pianto a dirotto, si scusa utilizzando i fazzoletti che gli porgo e che riceve con le mani tremanti.
Io aspetto, aspetto la sua espressione di dolore e di sfogo.
Non chiedo nulla, non indago.
Mi faccio sentire interessato al suo stato più che ai motivi che lo stanno prostrando.
Lo rispetto.
Rispetto il suo dolore e la sua espressione.
Piange ancora prima di ricomporsi e di rimettersi gli occhiali.
Ci guardiamo, adesso è più disteso, adesso può raccontare.
Adesso vuole raccontare.
E mi racconta che circa due anni fa, una sera, al rientro dal lavoro, passò, come solitamente faceva, dall'abitazione del fratello, sposato e con una figlia neonata.
Trovò la porta aperta ma nessuno in casa che potesse rispondere sia al suono del campanello che alle sue chiamate.
Entrò e, nella camera, trovò il corpo del fratello riverso a terra.
Si era suicidato con una pistola senza aver lasciato tracce di messaggi o comunicazioni di sorta.
Quello che fece da quel momento forse me lo descrisse ma nemmeno lo ricordo.
 Capisco da subito che il trauma subito è stato molto forte e non intendo proseguire oltre anche perché noto ormai una fase di appagamento nelle parole di Antonio, al quale non sembra ancora vero di essere riuscito a dire a qualcuno di estraneo quello che aveva vissuto in quel momento.
Ci basta così.
Adesso entrambi sappiamo che i suoi problemi non sono certo di origine organica ma frutto di profonde situazioni emozionali oltre che di scelte forzate.

Magari non è possibile far molto di fronte alle scelte di vita, dice Antonio, però chissà un giorno riuscirò a raggiungere mia moglie e a stare con lei anche prima della pensione!
Magari si, anzi senz'altro.
Intanto proviamo a usare dei fiori di Bach per alleviare la sofferenza e il richiamo traumatico, suggerendo poi un supporto psicoterapico che gli potrebbe indubbiamente giovare unitamente ad alcuni integratori.
Sono questi i consigli che mi sento di offrirgli e lo vedo lasciare la stanza con passo un poco più sicuro, anche se stanco e sudato come se avesse lavorato sodo.
Infatti, lo aveva fatto.
Antonio aveva portato un peso gravoso per molto tempo e ora era riuscito quantomeno ad appoggiarlo per un istante.
Questo lo rendeva quasi felice.
Mi ringrazia, salutandomi, e con una forte stretta di mano quasi m'induce ad accompagnarlo sulla soglia della porta.
Adesso per Antonio potrebbe cominciare un nuovo tragitto di vita.

Un pizzico di… *IRIDOLOGIA*

Nella vita di ogni persona prima o poi accade qualcosa che la smuove, che la colpisce nel profondo, qualcosa in cui credere, qualcosa per cui andare avanti, qualcosa che permette la crescita

Fin dall'antico Egitto (1500 a.c.) compaiono riferimenti all'analisi dell'occhio in relazione allo stato dell'organismo. Per secoli l'iridologia rimane un insegnamento segreto, tracce si trovano nei dipinti di Hyeronimus Bosh (1453-1516), soprattutto nel dipinto denominato "I sette peccati capitali", che è una rappresentazione allegorica dell'iride. L'iridologia moderna nasce con la pubblicazione del primo testo nel 1880 a cura del medico ungherese Ignaz Von Peczely (1826-1911) e della prima mappa iridea nel 1886 pubblicata dallo stesso autore.

L'analisi dell'iride ci permette di rilevare segni, colorazioni, lesioni sia attuali che passate che se ben collegate ci daranno un quadro pressoché completo sulle caratteristiche costituzionali della persona e sui possibili interventi preventivi da attuare affinché le predisposizioni non possano tramutarsi in veri e propri sintomi.

La disciplina iridologica è basata sull'analisi di una delle strutture tissutali più complete e più complesse dell'organismo, appunto l'iride che, con miriadi di fibre nervose, è collegata a ogni parte del nostro corpo.

E' un metodo mediante il quale si possono rilevare quelle marcature, quei segni più o meno profondi, che individuano le predisposizioni di ognuno di noi.

Questi segni rappresentano appunto un quadro dettagliato sull'integrità del nostro organismo, sulla sua capacità di difesa e di robustezza caratteriale e costituzionale oltre a permettere l'individuazione di eventuali "punti forti o punti deboli" e le possibili cause di sintomi o di sovraccarichi tossinici e batterici.

La mappa dell'iride è un vero e proprio libro che ci può indicare il tragitto e la direzione da seguire per ottenere il possibile benessere seguendo le leggi che la natura ci suggerisce.

Un pizzico di... *PSICOLOGIA*

Elaborare il lutto, o comunque una perdita, si pone come una delle difficoltà più grandi a livello psicologico ed emotivo. Le perdite possono essere di qualunque tipo: di una persona, di un lavoro, dell'indipendenza, di un'abitudine o anche semplicemente la perdita di un'idea.
Quando questo accade, i sintomi più comuni sono proprio quelli presentati da Antonio: senso di smarrimento, irrequietezza, agitazione, disturbi del sonno, palpitazioni frequenti, sbalzi nel tono dell'umore. Questa sintomatologia fisica ed emotiva solitamente viene elaborata con il tempo attraverso diverse strategie che ogni individuo applica a modo proprio per colmare la mancanza che si è venuta a creare.
Nei casi in cui però la perdita avviene in maniera violenta, improvvisa e inaspettata, ecco manifestarsi accanto alla situazione di lutto anche una vera e propria condizione di trauma.
Per questo Antonio anche dopo due anni fatica a trovare una soluzione, perché non si tratta di una semplice perdita ma di elaborare anche un trauma.
I suoi occhi hanno visto, le sue orecchie hanno ascoltato, le sue narici hanno potuto vivere in maniera totale quell'evento che in un attimo si è trasformato in una diapositiva indelebile nella sua mente definendo la situazione sconvolgente e traumatica a tutti gli effetti.
E quando per la prima volta Antonio si trova a rivivere e raccontare quel ricordo inizia a piangere, come se le lacrime potessero buttare fuori un po' di quelle emozioni e un po' di quelle memorie.
Riuscirà sicuramente, con il giusto supporto psicologico, ad alleggerire quel peso, a sbiadire quelle immagini e a trovare un giusto collocamento per quella esperienza, arrivando infine anche ad elaborare la sua perdita.

Dal sonno uscii ancora ragazzo, beato di tale sapermi.
Qualcuno mi baciava: un uomo magro, alto, mio padre
perduto amico delle vecchie età.
(Dario Bellezza)

Cinzia: la pasticciera 1,2,3...

Dallo studio, situato al piano superiore rispetto all'entrata, mi pareva di sentire, nemmeno tanto in lontananza, un continuo intercalare numerico di tipo infantile.
Come un bambino che ha appena imparato a contare e che continua a ripetere e a ripetersi ossessivamente i numeri per lui nuovi, appena appresi e conosciuti.
Ma la voce non sembrava infantile.
A poco a poco si faceva sempre più vicina e la nenia 1,2,3....ad un tratto svanì.
Feci accomodare la ragazza, accompagnata dalla madre, rimanendo un poco perplesso nel non sentire più quella voce e quei numeri, soprattutto domandandomi come e perché fossero riusciti a svanire in un solo istante.
Restai col mio dubbio e la mia perplessità iniziando a concentrarmi sulle persone che mi trovavo ormai sedute di fronte.
Due donne, madre e figlia, piuttosto in sovrappeso, in modo particolare la ragazza alla quale gli occhi sembravano voler uscire da un volto troppo tondo, troppo arrossato, troppo anonimo per poterli contenere.
Erano occhi particolari, non parlanti ma urlanti: occhi colorati di spensierato quanto imponente vigore trattenuto da un volto più gonfio che grasso; grosso e carnoso al punto da far sbilanciare il capo in avanti fino a dar l'impressione che stessero per cadere.
Una ragazza che forse era in cerca di qualcuno che potesse raccogliere i suoi occhi e i suoi sguardi.

Sguardi pieni di vigore superficiale ma madidi di sudore trattenuto, di sofferenza sopportata, di chissà quali esperienze trascorse, passate, vissute e magari nemmeno avvertite o ascoltate.
Dal canto suo la madre, pur di simile fisionomia, conteneva gli occhi piccolissimi in un contorno di occhiali a lenti tonde che non facevano altro che ingoffire il suo volto di donna intorno ai cinquant'anni.
Espressione preoccupata tanto da fissarmi insistentemente per farmi capire che il problema era la figlia o, meglio, si erano rivolti a me perché la figlia aveva dei problemi che, a dir suo, parevano irrisolvibili.
Infatti il loro percorso, e ci tocca parlare al plurale perché la ragazza non veniva lasciata sola ma sempre accompagnata in ogni circostanza, passava da ogni tipo di possibile medico o specialista sino all'ultimo consulto che aveva suggerito il ricovero in clinica psichiatrica.
Era ancora la madre che parlava la quale, accorgendosi del mio fastidio riferito al suo interloquire al posto di una ragazza di oltre trent'anni, ad un certo punto si interruppe sollecitando la figlia a raccontarsi.
Fu allora, dopo circa venti minuti, che iniziò il vero colloquio naturopatico.
La ragazza, fino a quel tempo rimasta seduta in punta di sedia, con lo scalpitare dei suoi tacchi ad accompagnare il racconto introduttivo della madre, con la febbricitante voglia di far trasalire e lanciare gli occhi chissà a quale distanza, con la certezza di un dubbio se fosse ancora il caso, o se la necessità potesse conquistare il caso, di riaprirsi, se mai lo avesse fatto in precedenza, con un nuovo sconosciuto.
Tocca a te Cinzia, coraggio.
Se lo vuoi comincia.
Se lo vuoi prova a lanciarmi anche solo una parte dei tuoi sporgenti occhi.
Prova a regalarmi la possibilità di vedere il vero colore delle tue guance.
Prova, se lo vuoi, a farmi sentire una voce vera che non sia l'artefatto di una madre!

Cinzia ci sta, comincia a muovere le labbra e ad emettere prima suoni e poi parole.
Tra il tremore del suo respiro (calma Cinzia, la mamma si allontana, cerchiamo di spingerla mentalmente e lentamente fuori di qui!) il ticchettio dei tacchi sul pavimento e i primi balbettii, ecco le prime parole: accese come un falò, aspre come un sogno interrotto, dure come le sue mani che inizia a scagliare sul tavolo colpendo i fogli che ha portato con se.
E, ad un tratto, dopo una banale frase ecco l'intercalare che ritenevo ormai scomparso o frutto della mia immaginazione: uno, due, tre... uno due tre... uno due tre... recitati, quasi urlati a una velocità impressionante, a un ritmo celere ed incalzante con una voce stridula e infantile che appariva straordinariamente mite in un volto così apparentemente fuori luogo.
Ancora, uno, due, tre... uno due tre... accompagnati dalle dita della mano destra che si aprivano a scatto, prima il pollice poi l'indice e il medio, per contare i tre numeri.
Tre scatti di voce e di dita che accompagnavano quasi ogni frase e che adesso, sentendosi un poco più libera, lasciava fluire a fiotti dalle sue nervose labbra.
La signora seduta accanto, pardon la madre, sembrava impietrita dal fatto che la figlia non trattenesse più la colpa del suo modo nevrotico di parlare.
Infatti, Cinzia parlava ormai a raffica, a mitraglia; sfilze di parole, sfilate scomposte di frasi, fuochi d'artificio di dita e numeri: uno, due, tre... uno, due, tre!
Il picchiettare sul tavolo era ormai divenuto costante, con le tre dita che non si fermavano mai, con questa ragazza dal viso rotondo, gonfio, rosso, con gli occhi tondi, in rilievo, sfuggenti al punto da cambiare aspetto, da modificarsi nel colore e nelle voglie di espressioni.
Il suo abito, a pallini, bianco, sosteneva questa figura di donna troppo ingombrante per lei, forse, o chissà per chi o per quanti altri.
Il suo ridere nervoso, quasi nevrotico, le sue paure infondate (di un marciapiede, di un rubinetto, di un filo d'erba...) erano evidenziate da una bocca con grandi labbra e denti sporgenti.

Parole troppo veloci che nemmeno la bocca, seppur grande, riusciva a contenere e quindi la salivazione, in abbondanza usciva, a volte, insieme alle sillabe.
Ogni tanto se ne accorgeva e faceva per portare un fazzoletto alla bocca per asciugarsi, ma il più delle volte la mano non rispondeva, intenta com'era a digitare l'un due tre che sembrava un ordine da plotone militare.
I suoi sintomi, i suoi problemi nervosi, le sue ansie e le sue paure erano cose piuttosto comuni e la diagnosi medica che mi riferì (forse la madre) parlava di una nevrosi con crisi di panico e punte di schizofrenia.
Ma c'era, in questo quadretto, nell'insieme di madre e figlia, nello stesso modo di parlare di Cinzia come nell'atteggiamento, ora mite e composto della madre, un qualcosa di non definito, un particolare che non riuscivo a percepire.
E non solo per l'atipicità dei suoi gesti compulsivi nel contare i primi tre numeri in maniera ferocemente frenetica.
Ebbi l'impressione che qualcosa mi venisse volutamente nascosto.
Fu proprio al momento di chiedere informazioni sul quadro mestruale che la madre di Cinzia mi riferì che la ragazza era in attesa di un figlio.
Cinzia cambiò espressione e mi disse di avere paura anche se l'idea di un bambino la viveva senz'altro con gioia.
Le avrebbe cambiato la vita?
Non lo sapeva, era preoccupata soprattutto per il neo marito che non riteneva sufficientemente maturo per crescere e accudire il loro bambino.
Ero convinto che parlando di queste cose, e affrontando questo argomento, il conteggio di Cinzia subisse una modifica, in meglio o in peggio.
Invece no.
Continuava incessantemente a parlare, dopo il piccolo disagio provato e procurato dall'argomento, e continuava ad anteporre alle frasi l'ormai "nostro" un due tre.
Allora c'era dell'altro.

C'era indubbiamente dell'altro ma non potevo aspettarmi che uscisse da quel primo incontro.
Faccio accomodare Cinzia all'angolo della stanza per analizzare con l'iridoscopio le sue iridi.
Iridi classiche di persona nervosa, con segni nervosi che, nel suo caso, si susseguivano come colorati fuochi d'artificio.
Questo e, mi pareva, niente più.
Provo ad indagare con l'ingrandimento massimo ed è proprio a quel punto che vedo tre segni in sequenza nel settore genitale.
Mi scosto dall'apparecchio e chiedo se mai in passato avesse sofferto a quel livello.
Se mai avesse avuto, lei oppure un familiare, patologie o traumi a livello genitale.
Un attimo, forse un istante o forse un momento distante, lungo come un tragitto da percorrere senza voglia, blocca le nostre voci e forse anche i nostri respiri.
La madre fa per parlare ma Cinzia la precede guardandola e zittendola per rimarcare il suo essere adesso sola ed unica protagonista.
È padrona di se stessa.
Cerca di incrociare il mio sguardo o forse solo i miei occhi.
Mi parla guardandomi imperiosamente e senza intercalari di sorta mi dice di aver avuto tre interruzioni di gravidanza.
Tre aborti.
Spontanei o procurati che differenza fa?
Tre volte.
In tre momenti diversi.
In tre vite diverse.
Tre aborti, tre soldatini in fila, tre numeri, tre dita diverse!
Mantenemmo gli sguardi collegati e in quel momento, come per incanto, la bacchetta magica della percezione ci fece entrambi partecipi nel capire e nel comprendere.
Nel comprendere quelle tre dita furiosamente scagliate all'interno del mondo, sul tavolo e sul suo corpo ingombrante di bambina non cresciuta.

Nel capire che la paura, più che del giovane e superficiale marito, era soprattutto nel dubbio di una gravidanza che stavolta voleva, o doveva, essere compiuta.
Per volontà o per destino.
Per scelta o per istinto.
Per caso o per voglia.
Allora eccoti, cara Cinzia, adesso tocca a te.
Tocca a te se lo vorrai
Se solo tu lo vorrai.
Ti consiglio alcuni integratori con *magnesio* e alcuni accorgimenti per la tua costituzione *flemmatica*.
Per te, solo per te.
Ci rivedremo tra qualche tempo, ci rivedremo non tanto per sapere se ancora ti accompagnerai con le dita nervose che conteranno i tuoi tre sogni infranti, ma per capire se la strada, se la tua strada sarà quella giusta.
Io credo di si, cara Cinzia, comunque sia e qualunque possa essere la tua scelta.
Perché qui, quest'oggi, in questo pomeriggio grigio di pioggia e sapori amari, hai saputo dimostrare di crescere e, questo lo sai anche tu, crescere è salire, è capire e andare avanti ed è, forse, procreare.
Ci salutiamo e, cordialmente, vengo invitato nel loro negozio dall'altro capo della città.
Negozio di che?
Domando.
Una pasticceria.
Una pasticceria che hanno da poco rinnovato e che sforna prelibatezze d'ogni genere.
Preso dalla gola saluto e mi prenoto per una visita al loro locale, spiegandomi finalmente la provenienza di un odore dolciastro che aveva aleggiato nella stanza per tutto il tempo: era l'odore delle mani e della pelle delle due signore, pasticciere, che avevo avuto di fronte.

Un pizzico di... *COSTITUZIONI IPPOCRATICHE*

Le Costituzioni Ippocratiche sono l'insieme dei caratteri psicofisici di un soggetto e sono funzionali ad una medicina che pone l'uomo al centro della ricerca e della terapia e non la mera malattia. Non è la patologia con i suoi sintomi che viene curata, bensì l'individuo nella sua complessità.

La "teoria umorale" ippocratica rappresenta il primo tentativo della medicina occidentale, sulla base delle conoscenze mediche, fisiche e psicologiche dell'epoca, di spiegare l'insorgenza delle malattie e i diversi tipi di temperamento umano attraverso l'osservazione di fenomeni naturali. Le idee di Ippocrate derivano a loro volta dalla concezione filosofica di Empedocle (V secolo a.C.) secondo cui la natura è costituita da quattro elementi fondamentali: terra, acqua, aria e fuoco e considera la presenza nell'organismo umano di quattro liquidi o umori fondamentali che sono: sangue, flegma, bile gialla e bile nera. A questa tradizione viene ricondotta la suddivisione della struttura somatica in due tipi principali di soggetti: longilinei ed esili; tarchiati e corpulenti.

Proprio per questa attenzione ai temperamenti la teoria ippocratica può essere considerata anche una particolare teoria della personalità dell'epoca. La predisposizione all'eccesso di uno dei quattro umori definirebbe un carattere psicologico, un temperamento e insieme una costituzione fisica (alle quali sarebbero riconducibili anche specifici disturbi).

- *il malinconico*: con eccesso di bile nera, è magro, debole, pallido, avaro, triste.
- *il collerico*: con eccesso di bile gialla, è magro, asciutto, di bel colore, irascibile, permaloso, furbo, generoso e superbo
- *il flemmatico*: con eccesso di flegma, è beato, lento, pigro, sereno e talentuoso.
- *il tipo sanguigno*: con eccesso di sangue, è rubicondo, gioviale, allegro, goloso e dedito ad una sessualità giocosa.

Un pizzico di... *PSICOLOGIA*

Cosa significa per una donna essere madre? Quando inizia e come si sviluppa l'istinto materno? E se una donna non è madre, è per questo meno donna? Cosa cambia nel corpo di una donna durante una gravidanza? Cosa succede alla mente durante una interruzione di gravidanza?
Potremmo andare avanti con ancora molte domande circa il mondo della maternità vissuto dal punto di vista femminile perché ogni donna vive a modo proprio questa tematica: l'essere o non essere genitore.
E come si potrebbe pensare che un mondo così ampio possa non creare dubbi, incertezze e riflessioni in ogni donna?
Cinzia di sicuro si sarà trovata ad essere travolta da questi pensieri ben più di una volta. La sua mente sarà stata attraversata da tutte queste domande per ben più di qualche ora.
E quando il suo corpo per tre volte si è trovato a vivere un'esperienza come quella dell'aborto, alla quarta volta ha prodotto un sintomo. Forse per paura, forse per preoccupazione, forse per ansia, ma sicuramente per protezione. Per protezione della sua mente, del suo corpo, della sua femminilità e della sua maternità.
Le ossessioni e le compulsioni di qualsiasi tipo hanno proprio lo scopo di proteggere da qualcosa che viene temuto e percepito come pericoloso.
Cinzia conta ripetutamente per proteggersi, probabilmente, da un quarto aborto, dalla paura di poter rivivere qualcosa che non vuole rivivere. Nella sua mente contando si tranquillizza, crea un equilibrio necessario per poter procedere con la gravidanza.
Se non lo facesse la paura sembrerebbe più grande, più pesante, più forte.
Cinzia conta per alleggerirsi, togliere un po' di peso a un momento che sente dovrebbe essere più facile, più felice.
Probabilmente con il procedere della gravidanza Cinzia troverà la sua dimensione, non le servirà più neanche contare, ci sarà un figlio a ricordarle di aver gestito, a modo suo, la sua paura.

*Ascoltate! Se accendono le stelle, vuol dire forse
che a qualcuno servono,
che qualcuno desidera che esse siano,
che qualcuno chiama perle questi
piccoli sputi?*
(Vladimir Majakovskij)

Rosanna: l'insegnante di pianoforte

Il mondo avanza, il più delle volte, anche senza il nostro contributo.
Può continuare e continua anche senza di noi.
La terra seguita a girare anche senza la spinta delle nostre mani che invece vorremmo utilizzare per rallentarne la corsa, fermarne i ritmi vertiginosi che ci portano a non assaporare, a non essere noi stessi, a non sentirla come nostra.
A non sentirci parte possibile e integrante dello stesso vivere e del vissuto trascorso.
Rosanna è una signora di circa sessant'anni che mi raggiunge procedendo lentamente; il suo volto tondo e grassoccio sormonta un corpo basso e grasso di donna che vorrebbe opporre la propria stazza affinché la terra rallentasse la corsa.
Uno strano mezzo sorriso le appare sulla bocca, un sorriso di sorpresa mista a delusione nel non trovarsi di fronte una figura anziana come si sarebbe aspettata.
È probabilmente per questo motivo che trova molta difficoltà nel cominciare il colloquio e nel parlare con quest'uomo che pare non abbia nessuna intenzione di far rallentare il mondo ma, sembra, riesca a rincorrerlo incessantemente.
Le pieghe e i seguiti della vita vanno rallentati, fermati, rincorsi o solamente vissuti?
La professione di Rosanna è insegnante di pianoforte.
Non voglio aggiungere nulla dopo che lei ha pronunciato la parola "pianoforte" con il fiato mozzato: né un'espressione, né una parola, né un assenso col capo.

Non voglio aggiungere nulla perché avviso in questo "pianoforte" tutto il senso del nostro incontro, se non il senso di tutta o buona parte della vita di Rosanna.

D'altra parte la parola che identifica lo strumento è formata da due aggettivi contrastanti, da due opposti, quasi da un conflitto vero e proprio.

Dal conflitto nasce la musica, nasce un suono che può essere melodico o cacofonico, lieve o assordante.

Il lento e il veloce, il piano e il forte, il delicato e l'irruente: le situazioni della vita, i suoi conflitti.

Chi vuole rallentare il mondo, chi invece lo vorrebbe spingere: il piano e il forte della vita.

Chissà se tutto ciò potrà avere a che fare con quello che la signora mi andrà a dire tra poco?

Cerco di metterla a suo agio non assumendo alcun tipo di espressione, né verbale né facciale, per lasciare il massimo dello spazio e del terreno disponibile per ogni gioco di campo, sperando possa essere utilizzato al meglio.

Infatti, dopo solo qualche istante di ulteriore studio ecco che viene lanciata sul tappeto, pesante e lenta come un macigno e forte e vigorosa come un colpo di fucile, la motivazione del consulto.

Viso terreo, espressione glaciale, occhi spietati nello sguardo di sfida a cercare il mio stupore o la mia commiserazione.

-Da circa un anno non riesco quasi più a muovere le dita delle mani!

Ci siamo, la palla è stata lanciata, ora occorre rincorrerla, prenderla e giocarla.

Giocarsela insieme in un campo che solo noi dobbiamo disegnare, con regole che solo noi possiamo e sappiamo dare.

Provo a indagare, molto discretamente, sul passato e sul trascorso di Rosanna cercando di farmi, mentalmente, dei nodi di collegamento tra i problemi vissuti e le varie vicissitudini di salute che dice di avere subito e sopportato.

Già, sono questi i termini che utilizza: subito e sopportato.

Appuntiamoceli in mente, collochiamoli in un angolo perché magari potranno servirci da chiave di lettura per situazioni anche recenti.

Si sofferma molto, anzi troppo, fino allo sfinire, sul suo passato che mi viene illustrato meticolosamente con una dovizia di particolari tali da annoiare anche se stessa.
Noto che quando mi parla del pianoforte, all'inizio quando studiava al conservatorio poi quando suonava, componeva ed infine insegnava, una vena di malinconia mista a rabbia, quasi a collera, colora le sue parole e le sue espressioni.
Collericamente rabbiosa e istintivamente feroce contro quello strumento che ha rappresentato la sua vita.
Penso non sia giusto, penso venga celato qualcosa di diverso, perché un artista, un musicista in particolare, anche se in alcuni momenti può arrivare a detestare quello che sta facendo, quello che suona o che compone, non credo possa odiare il proprio strumento; il proprio affetto.
Il proprio mezzo, quasi sempre l'unico, di espressione.
Mi racconta molto, lei dice tutto, ma vedo che dopo oltre mezz'ora non so ancora la sua situazione per così dire familiare.
È sposata, ha dei figli, è sola?
Non me lo vuole ancora dire.
Il suo "forte" è stata (non lo è più?) la musica, il suo "piano" è stata (lo è?) la vita sociale e familiare.
Mi racconta, invece, di possedere un armadio colmo di scarpe (quasi centocinquanta paia) e tre cassetti straripanti guanti di ogni genere e tipo.
Me lo racconta con la stessa semplicità di come racconta tutto il resto, ma con l'espressione attenta e furba di chi è pronto a cogliere una mossa falsa o sorpresa e commiserevole dell'interlocutore.
Non mi muovo ma appunto, mentalmente, questa notizia non più di tanto curiosa.
-Queste mani doloranti, queste dita che si muovono con difficoltà, questa figlia che non cresce, che non capisce, che non fa!
Così, d'acchito, quasi brutalmente come un colpo (forte) di fucile, in una frase posta a intercalare nel lungo noioso racconto che finora aveva tessuto, racchiude il senso e la chiave delle sue rabbie e dei suoi rancori.
Mi permetto di chiedere della figlia e del suo rapporto con essa.

Una ragazza che non ha mai voluto imparare nulla.
Che ha sempre fatto di testa sua.
Che gli insegnamenti della madre non sono mai stati presi in considerazione.
Che ora a trent'anni non ha ancora un lavoro.
Che non sa ancora cosa fare.
Che vegeta tutto il giorno senza crescere.
Che... a Rosanna iniziano a prudere la mani.
Si gratta, se le gratta con avidità, come se volesse tracciare dei solchi profondi su di esse.
Lasciare il segno.
Il segno dell'insegnamento, la strada da seguire, il giusto percorso.
La figlia, quindi, rappresenta il suo vero problema.
Per lei, compositrice, suonatrice, artista ma soprattutto insegnante.
Insegnante di quello strumento che rappresenta il conflitto della vita, il dubbio se frenare o accelerare, se assecondare oppure bloccare.
Ed ecco perché le mani si sono bloccate, perché sono stanche di vivere il dubbio, di scervellare il conflitto e di non scegliere in assoluto.
L'assoluto può non esistere, non esiste certamente in noi verso gli altri, così non deve esistere.
Ma esiste dentro di noi, deve essere un assoluto che procede anche non in una sola direzione, piano o forte che sia, piano o forte che possa diventare, deve seguire i ritmi della nostra vita.
Solamente della nostra vita.
Non di quella degli altri.
Men che meno di quella delle persone che sono al nostro fianco.
Le mani prudono, dolgono, fanno male e le dita hanno smesso di muoversi perché sono stanche, troppo stanche, di porsi innanzi a frenare la corsa di ciò che è impossibile fermare.
I guanti non servono a mascherare la sofferenza delle mani.
I guanti coprono lo strumento che può, illusoriamente, permettere il gesto della frenata.
Le mani riparano e ci riparano con o senza guanti.
Ma una cosa è certa: con i guanti non si suona e non si può suonare.

Allora lasciamo fluire i ritmi e l'energia della vita così come la vita stessa ci vuole, superando ostacoli e assaporando successi, senza volerci imporre e senza voler imporre i nostri ritmi a nessuno.

Le scarpe che Rosanna conserva e continua ad acquistare sono l'esempio di un'espansività non comune, ma senz'altro trattenuta in un ambito ristretto.

Tra gli steccati di un insegnamento rigido, tra i tasti bianchi e neri del suo strumento di vita, tra l'artista e la madre, tra la donna e l'artista.

Bianco e nero, mani e piedi, lento e veloce: le contraddizioni del pianoforte.

Le contraddizioni stimolano la crescita, mettono tutto in gioco e in movimento.

Accettale, Rosanna, fermati, aspetta, gioca con i tuoi strumenti di vita, gioca con te stessa, con tua figlia, con il tuo pianoforte e gioca un po' anche con la tua vita. Ti offro un supporto con la *Rhodiola Rosea* e vedrai che le dita seguiranno il tuo gioco e a poco a poco si slegheranno dalle catene annodate e torneranno a correre fluide, vivaci, gaie e capaci sui tasti bianchi e neri, sulle strade facili e difficili, sulle colline e sulle vette dei tuoi profondi convincimenti.

Perché la vita non è senz'altro solo un gioco, ma ogni tanto vale la pena di intenderla così.

Un pizzico di... *RHODIOLA ROSEA*

Per quanto un albero possa diventare alto, le sue foglie, cadendo, ritorneranno sempre alle radici. (Proverbio cinese)

Le origini della Rhodiola rosea (radice d'oro) sono circondate da numerose leggende tra le quali quella che in Siberia, luogo di provenienza della pianta, si narrava che un infuso a base di Rhodiola avrebbe donato a chi lo avesse bevuto una grande longevità facendolo vivere per oltre cento anni. Inoltre, si diceva che un bouquet di fiori comprensivi di questa pianta, venisse regalato agli sposi prima del matrimonio come buon auspicio e addirittura per favorire il concepimento.

Sembra che la radice d'oro fosse conosciuta anche in Tibet e persino dalle popolazioni della Cina, dove veniva assunta dagli imperatori per combattere numerosi disturbi, avvalendosi delle sue proprietà toniche. In effetti, contrasta efficacemente la sensazione di affaticamento e interviene a favorire la concentrazione migliorando la resistenza alla fatica.

La Rhodiola Rosea è nota soprattutto come pianta adattogena, in altre parole una sostanza naturale non tossica, in grado di aumentare e migliorare la risposta a eventi stressanti ambientali, in modo aspecifico. Semplicemente la pianta è in grado di migliorare le nostre condizioni psico-fisiche.

Un pizzico di... *PSICOLOGIA*

"Psicosomatica" è una parola, utilizzata frequentemente come aggettivo, che sempre più spesso risuona nelle nostre orecchie tanto da essere ormai entrata nel nostro dizionario quotidiano.
Quando un disturbo corporeo all'apparenza semplice e innocuo (a volte anche inspiegabilmente senza una causa) riflette in realtà qualcosa di più, celando una difficoltà emotiva o psicologica, ecco che possiamo definirlo come psicosomatico.
La cosa interessante, che non sempre viene sottolineata, è che nei casi di disturbi psicosomatici spesso il corpo viene toccato e leso proprio nel suo punto più sensibile e delicato.
Così accade a Rosanna, le viene un intenso, irrefrenabile prurito alle mani, tanto da dover smettere di suonare e quindi interrompere l'attività più importante e piacevole della sua vita.
Ed allora potrebbe accadere ad un cantante di avere mal di gola, ad un ballerino di avere frequenti distorsioni, ad un pilota di aerei di avere problemi alla vista.
Diventa evidente come i sintomi fisici e in particolare quelli psicosomatici vadano sempre inquadrati all'interno della vita di quella specifica persona perché è proprio all'interno di quel contesto che ne si può comprendere la fondamentale importanza.
Se il mestiere e la passione di Rosanna non fosse stato il pianoforte, probabilmente neanche si sarebbe accorta di quel prurito alle mani, ma all'interno della sua storia, delle sue giornate, quel prurito diventa qualcosa di totalizzante e completamente insopportabile.
Il punto debole: quel punto dove la connessione mente-corpo diventa ancora più sensibile, acquisisce ancora più importanza, ed è proprio quel punto a essere toccato nel momento in cui qualcosa a livello emotivo perde il suo equilibrio senza esserne riconosciuto.

Passo per un originale, un maniaco, un pazzo.
Evidentemente la reputazione è ben meritata.
Perché, dovunque vada, attiro a me gli originali,
i maniaci e i pazzi.
(Mohandas Karamchand Gandhi)

Andrea: l'ombra e la sua luna

Lo trovo seduto e solo, appoggiato al tavolo della cucina con i gomiti molli, il televisore acceso ma ignorato, il volto serio, impaziente, alla ricerca di una motivazione che possa farne mutare l'espressione.
La camicia di sempre addosso e un'intossicata solitudine, non certo instupidita ma senz'altro di voluta e innata estraneità.
Respirava a fondo la profondità di una desolazione tutta sua cercando di non sentirsi un dilettante della vita.
Era proprio questa la figura che ricordavo e che ero certo di trovarmi davanti, che quasi desideravo trovarmi davanti: la figura di un uomo forte e solo, forte ma solo; quando la solitudine riesce anche a cullare le timidezze.
Tale e quale l'ho trovata, questa immensa figura che m'induce alla profondità dei ricordi utilizzando l'ascensore della mente, questa sera dopo una lunga assenza. Figura di uomo colmo ed espressivo ma restio nell'offrire il proprio fianco sensibile, e anche solo a riconoscerlo; legato forzatamente ad abitudini e bisogni di mentalità non più immaginabili e completamente al di fuori dal mio, magari anche ora dal suo, modo di essere.
Forse per questo la mia e la sua insoddisfazione si erano spesso incontrate, pur provenendo da mondi differenti, da lontane generazioni che, seppur partendo da presupposti anche simili giungevano a conclusioni inevitabilmente diverse. Ostacolo facilmente superabile, e ce ne accorgiamo immediatamente dopo le prime lunghe sofferte frasi, dopo gli ammiccamenti sulle nostre prossime future intenzioni, dopo esserci chiesti come stavamo.
Il confronto che più ci attirava, stimolando i nostri colloqui, era sul politico e sul sociale: sul personale che diventa politico, come lui

spesso mi ricordava. Non che non si parlasse anche d'altro, d'altre faccende magari più intime, di problemi riportati e legati alla nostra appartenenza familiare ma, per due persone come noi il passo dal personale al sociale era pressoché annullato proprio dal modo di vedere le sciocchezze di famiglia. Proprio così chiamavamo queste situazioni: i problemi degli onesti. Convinti che se le nostre rispettive coscienze non fossero intatte da malefatte o inganni non avremmo trovato né lo spazio mentale, né tantomeno il tempo materiale per discutere di questi eventi.

Era buia la sera anche se illuminata e ravvivata dalla serena vivacità, ora ritrovata, del suo volto e dal lento ma incalzante procedere dei suoi discorsi. Dei suoi soliti discorsi.

Decidemmo di troncarli, spezzando la cortina di buio e freddo della strada, scendendo e appropriandoci di essa, del pesto buio che con sforzo ingenuo tentavamo di trasformare almeno in pallida luce.

Ma il tentativo sfumò poiché il freddo ci strinse la gola con un'inaspettata folata di vento in un inverno compagno del nostro scontento.

Seguitammo comunque il nostro passeggio, incontrando e salutando gente, soffermandoci a contemplare caseggiati e alberi gelati, strade e vie non ancora deserte e avvertendo, nelle persone incrociate e salutate, una certa ritrosia all'invito al dialogo che, soprattutto mio padre, proponeva loro.

Uscimmo dal centro abitato imboccando la lunga e stretta strada che porta, prima al cimitero e poi dritta verso la stazione ferroviaria.

Strabiliava la vista dei fiori, di fronte ai loro variopinti colori, ma ancor di più estasiava il loro profumo e, a volte, anche il loro odore.

L'odore dei fiori recisi e col tempo appassiti; l'odore acre e fastidioso degli steli macerati e cotti dall'acqua che riportavano alla mente il ricordo di quando, da bambino, si trascorrevano i lunghi pomeriggi estivi rincorrendo libellule nei prati che contornavano il cimitero del paese.

L'odore dei fiori appassiti e degli steli macerati fendeva l'aria dando la sensazione di passato.

Ancor di più, sentire lo schiocco delle forbici che tagliavano gli steli per poi rimettere i fiori nel loro vaso, cercando di offrire loro qualche

soffio aggiuntivo di vita, forse con la sparuta illusione di regalare, se non vita dignità, alle povere tombe disseminate nel campo.
Odori, profumi, rumori, passi di donne anziane sul selciato di piccoli sassi bianchi che riempivano le corsie, fatte sentiero, nell'antico cimitero.
Indelebile ricordo di un'infanzia semplice che la mente riprende nei momenti di mentale morbidezza.
Ma non la senti la voglia di gridare?
Gridare perché? E cosa? Forse però...
Gridammo in silenzio la nostra strana euforia, la nostra rabbiosa parola scalzata solo dalla sintonia dei discorsi e dal sentimento che ci univa.
Gridare ma contro chi?
Contro la figura che stava sopraggiungendo dinanzi a noi? Ma che colpa può avere quell'ombra di uomo se l'avvenire ci si presenta cupo? Se le nostre parole gridate di dentro s'intrecciano e s'ingarbugliano smorzandosi in gola? Nessuna. Era un vecchio pesante di alcool che barcollando ci si avvicinava. Pareva canticchiasse qualcosa, oppure farfugliasse frasi e parole a noi sconosciute. Non si fermò, pur essendo una nostra vecchia conoscenza, non ci riconobbe e, accostandoci, emise una specie di strano sorriso accompagnato da un rantolo espressivo cupo e buio come quella fredda sera e come le sferzate di vento gelido che si burlavano di noi colpendoci malignamente a più non posso. Un quadro di delusione, una pittura magari in passato colorata e vivace ma ora, dopo anni presumibilmente trascorsi in una flaccida e pallida trascuratezza, non più speranzosa di ritrovare abili mani restauratrici.

Lo vorrei rompere a calci quello specchio, abbatterlo e frantumarlo con lo stesso odio che per anni mi accompagnava ogni volta che lo scorgevo davanti al mio cammino. M'infastidiva, da sempre, la sua luce e m'infastidisce oggi ancora di più il suo riflesso così chiaro e luminoso, così perfetto e penetrante: la perfezione non ci ha mai dato buone emozioni, vero papà? Era assorto, forse attratto, senz'altro accecato dal fluido lucente del grande specchio che ora, addirittura, pareva si colorasse.

Mi urta col braccio indicandomi con la testa di voler proseguire per raggiungere quegli strani colori. Quegli strani rumori. Man mano che ci si avvicinava la scena acquistava maggiori particolari e, pur non avendo ancora la completa nitidezza delle immagini, si poteva intuire che qualcosa d'insolito ci stava non solo aspettando, ma anche accadendo.
Non eravamo gli unici. Altre persone davanti a noi procedevano speditamente verso l'entrata dello specchio: una porticina minuscola che si riusciva a scorgere solo a pochi metri di distanza. Sostammo un attimo cercando di staccarci da quella forza estranea mista di curiosità e ammirazione che ci attanagliava e ci induceva forse a concederci, a concedere le nostre menti alla stranezza della situazione.
Ci scambiammo solo alcune banali e inconsistenti parole per poi proseguire incantati, esterrefatti ed allocchi in un benessere improvviso che, benvenuto, ci stringeva le membra. Passammo! Passammo, non senza stupore, accompagnati da una curiosità, più che intelligente, bambina, al di là della tenda posta dietro la porta.
Era vasto il corridoio nel quale fummo immediatamente incanalati per proseguire, incolonnati, il nostro cammino verso quella strana e sorprendente avventura che sicuramente, mai stati così convinti, ci si presentava.
Le pareti dapprima bianche, vuote e malinconicamente desolate, poi gialle, di un giallo acceso, pieno, saporito ed allegro come i volti delle ragazze (forse dieci o più) che ci attendevano con aria intrigante alla fine del corridoio. Indossavano vestiti provocanti e ancora più provocanti erano le loro espressioni. Abiti senza spalline cosicché i seni prorompenti, compressi dall'aderenza, traboccavano offrendosi agli occhi in quasi totale nudità.
Furono molti gli uomini che si fermarono a godersi le attenzioni delle piacenti ragazze che, con maestria sovrana li riuscivano ad incanalare verso altri e più stretti corridoi che, immaginammo portassero, dopo l'appagamento sessuale, già all'uscita dello specchio. "Già" perché noi ci aspettavamo molto, molto di più del semplice appagamento di un fisico piacere. Non riuscirono quindi le ragazze ad attrarci in modo tale da soffermare su di loro il nostro interesse. Proseguimmo salendo un'infinità di scalini che, complice il nostro eccitato

e ipnotizzato stato d'animo, riuscirono a miscelare i nostri ansimanti respiri col loro incessante e continuo variabile colore.
Colore che mutava costantemente aggravando il nostro stato ipnotico. Imboccando la salita dell'ultima rampa di scale visibile, ci fermammo un istante udendo una voce che, proveniente dai corridoi sottostanti occupati dalle ragazze, urlava con impeto isterico dapprima parole e frasi sconnesse, poi sempre più chiare, minacciose, alte e sentite:
Quanto costa essere pazzo? Quanto pago per la mia famiglia, per i miei figli?
Ho perso la famiglia! Ho perso i figli!
Non mi fanno più mangiare, sto morendo! Giorno dopo giorno, sto morendo!
Mi hanno fatto impazzire togliendomi fino all'ultima goccia d'anima! Mi legano al letto!
Il drappo rosso! Il drappo rosso! Il drappo rosso!
Basta torture! Il drappo rosso! Il drappo rosso!
Ho perso la famiglia! Ho perso i figli! Ho voglia di respirare! Ho voglia di ridere! Ho voglia di liberarmi!
Il drappo rosso! Il drappo rosso!
Ci sporgemmo cercando di scorgere o quantomeno di identificare la provenienza di quella voce, di quei lamenti, di quelle invocazioni. Vedemmo di sotto una minuscola figura d'uomo completamente spogliato che si dimenava seguitando a urlare e le ragazze che, afferrandolo per i genitali, lo trascinavano verso il fondo del corridoio. Provammo a girarci per scendere, per fuggire. Per fuggire, non per aiutare. Accorgendomi che non era possibile presi la sua mano e continuammo a salire verso l'ultima rampa di scale.
Un'infinità di colori e di specchi, un'affascinante, eccezionale, scenario di riflessi e di luci talmente esagerato da sembrare spaventoso. Niente buio se non cercato. Un immenso luna park di luminose sensazioni completamente a nostra disposizione. Una giostra sulla quale tutto era permesso, dal luccicante gioire al tetro dolere.
Ed ecco, finalmente, la creatività! Sogno dei miei sogni.

Apro la porta e vi entro senza il minimo tentennamento, senza alcun turbamento. Una lampada blu è accesa in fianco a un letto, perennemente accesa in fianco a un letto basso e spazioso.
Il letto ideale per scrivere, per pensare, per riflettere, creare e crearsi.
 L'atmosfera è quella giusta, calda e solitaria. Tranquilla e anch'essa ideale. Chi avrà mai potuto pensare e costruire una cosa simile? Così perfetta, così ricercata, raffinata e personale? È sempre notte qui dentro, sempre buio, sempre caldo, sempre più adatto alla scrittura. E scrivo (sarebbe stupido non approfittarne), scordo persino il mio compagno di viaggio, e scrivo. Adagiandomi sopra colorate lenzuola, accarezzandole, spogliandomi e pensando, scrivo.

Le sabbie mobili dell'indifferenza non diventeranno mai la tomba del sentimento poiché, al contrario dell'indifferenza, pesante lapide posata sulla tomba della rassegnazione, il sentimento è parte essenziale dell'esistenza e della vita. Il sentimento è vita. Anche se gettato violentemente nelle fauci mortali dell'indifferenza, rimane a galla e galleggia perché sono leggere le infinite sensazioni che lo compongono. Perché il sentimento è fatto di bene e il bene è appiglio pesante e robusto da poter reggere, salvandola, qualsiasi cosa caduta o gettata tra le ganasce mortali delle sabbie mobili. Il sopraggiungere della rassegnazione non è altro che il regresso della vivacità del sentimento, in quanto lo stimolo che porta al rassegnarci diventa più consistente quanto più sono affievoliti sentimenti ed emozioni.
La forza di lottare è forza e capacità d'amare. Non esiste lotta, non esiste ribellione se non esistono amore e interesse per la vita stessa e soprattutto per coloro che la vivono, più o meno amandola.
Troviamo questa forza anche quando, guardandoci intorno, non riusciamo a percepire la sua presenza: occorre scavare nel profondo, bisogna annaspare cercando di stanarla perché, in qualche buio e sperduto angolo della ragione, ci attende accompagnata dalla consapevolezza del nostro assoluto bisogno di carica affettiva. Osservando bene ci accorgeremo che ci attendeva proprio nell'impensato luogo in cui, qualche tempo prima, trovammo gli stimoli e la forza di gridare la nostra ribellione e per massacrare, con le nostre sole for-

ze, l'ingiustizia fasulla e ipocrita della programmazione e dell'interferenza nei sentimenti.
Nei nostri sentimenti. Nella storia della vita è sempre stato il sentimento di pace e di amore che ha liberato i popoli dalle barbare colonizzazioni cui erano sottomessi.
Nella storia recente della nostra vita sarà lo stesso sentimento di pace e di amore a permetterci di scrollarci di dosso la bieca colonizzazione alla quale siamo sottoposti.

Peregrinando stancamente tra spiagge fascinose e sottili alla ricerca di una tiepida luce matura, s'incappa immancabilmente nell'affanno infantile dei granelli posati e sparsi. Ci si dispera, ricercando ancora una volta l'equilibrio appena perduto. L'equilibrio di un attimo e di un grido nel mare.
L'equilibrio del nostro breve cammino su strade di piccole foglie secche. E il sentimento estasia la foglia che diventa stella.
Mi manchi, piccolo sole o angelo biondo dei miei antichi momenti, mi manchi quando l'albero in fianco si aspetta che gridi, quando la strada scivola tra un ponte sommerso ed una luce nel corpo.
Ascolto vagiti strani aldilà dello strano confine costruito con le nostre mani: poveri imbecilli!
E la primavera non brilla o ha smesso di brillare. Mancando, la pioggia mi abbatte e, come uccello con ala spezzata, non riesco a volare.
Mi aggiusto i capelli per farla finita, per prendere sonno graffiando il cuscino. Si dorme sfiniti, così come il cavallo finita la corsa persa, come il randagio dopo un giorno di fame, come le maglie strette della vita salvata. Così, col pensiero nitido e sottile del mio piccolo sole che continuo ad accompagnare.
In una tiepida luce dal colore autunnale l'amore risale a fatica la sua china e ritrova la dolcezza di un seno, la freschezza di una precoce maturità: intenso sentimento nella pacata solitudine di un ricordo recente. Un istinto di ribellione sforma labbra grondanti di acqua e saliva, felice e sola. È presto detto, una sommessa indecisione può farti navigare e trasalire l'oscurità completa dell'amore.

Un'immagine ancora sfocata che a rilento si comprime, addensandosi, nell'attimo piacevole e gioioso del tocco gentile.

Assaporiamo, una volta per tutte, il sorriso garbato dell'ignoto.
Sono sensazioni sconvolgenti quelle che ti piombano addosso e ti inondano di laceranti sentimenti lasciandoti poi, dopo l'altalena dei rincorsi stati d'animo, con la stessa identica sensazione dalla quale si è partiti. Partiti per un viaggio strano, particolare e senza incanti o promesse, senza interessi o scopi particolari. Un bel viaggio all'ingiù, da dentro.
È talmente bello riuscirci com'è terribilmente pauroso entrarci.
Sentir le parole sgorgare, i discorsi prendere forma, gli argomenti costruiti dalle convinzioni profonde che soddisfano e lasciano contenti della pienezza che sanno portare. Terribile è poi quando, quasi convinti, ci si lascia trasportare dalle rincorse dei pensieri: affollano, rincorrono, scoprono, si accavallano per poi tornare, precisi, ancora lì. Un catenaccio dentro il petto, con le sue porte metalliche che non ne vogliono sapere di aprirsi: piuttosto che socchiudersi, si spezzano spargendo cocci pungenti.
È come il sole, che c'è, dietro a spesse nuvole scure. Fa capolino per capire se davvero c'è. Se veramente si deve scostare e spostare, con un po' di tristezza, dove le nuvole sono meno spesse e meno scure, per poter uscire magari illuminando e riscaldare. Perché il sole comunque c'è e deve uscire, riscaldare e sempre illuminare.
Non si dorme. Il portone è pesante, le nuvole intense, il sole pare non farcela e non perché è notte.
Inizia a lanciare lunghe braccia oltre quella cortina invadente e i suoi raggi cozzano contro il metallo della saracinesca tentando una piccola apertura.
C'è. Già si avverte un po' di calore intravedendo il colore.
Luce di dentro, infiammata, sfuocata da gesti e inutili parole, quasi sfumata.
Non aiuta certo questa sera, la tua figura, a farmi incontrare la luce del mio mondo.

È finita questa storia? Ripenso alle stranezze e ai grandi sentori di vittoria, agli scoppiettanti trionfi che crediamo possano finire in gloria. Sarà vera questa nuova e provata allegria? Con la conquista piccola di un'inezia di vita si prova piacere. Si gioca con questa inutile e mesta emozione che cerca di riportarci ai momenti di buona realizzazione. Ci sentiamo pronti, grandi e senz'altro preparati. Come la prima sigaretta accesa e fumata da ragazzini: una conquista, un senso di crescita e di grandezza ma non certo di grandiosità. Poi solo fumo con la consapevole intuizione che la vera crescita abitava da chissà quale altra parte. Qualcosa di grande però accade e sempre può accadere; può durare o svanire, spegnersi e magari sparire. Come grande può essere stato il primo fumo aspirato, così lo sono le conquiste, le vittorie e le sensazioni di trionfo che offrono gioie immediate.

Si possono chiudere capitoli o girare pagine, ma le storie di un libro sono lunghe, interminabili e spesso noiose ed infinite. Allora bisogna scriverle senza lasciarcele sfuggire, assecondarle e raccontare le loro stranezze miste a gioie, a sconfitte e stupidi trionfi.

Tornerò, certo che tornerò e torneremo tra la gente, tra i rumori e i frastuoni di sempre. Tra gli assordanti rumori del niente. Porterò con me ricordi, pienezze e rotoli di pensieri. Porterò con me il cammino nei lunghi sentieri non lasciando nulla al cielo e ai suoi rumorosi passi: porterò con me il vuoto cercato e voluto nei solitari tragitti.

Trafiggerò le storie, il malessere e la vita portando una serenità che spero non finita. Cospargerò di sorriso l'aria leggera e allegra, i voli gai dei fringuelli sopra un soffitto apparentemente dipinto; porterò ancora il suono di musica dolce, di piccoli rigagnoli, di fluenti e potenti ruscelli.

Non girerò le spalle, mi scosterò solo per far posto ad altro, nell'attesa di poter spiccare il volo.

Tutto era, ora, bianco, coperto di specchi, eleganti mobili immensi con enormi esemplari di piante esotiche che assaporavano, con me, il tiepido calore del luogo.
Un letto ancora più vasto mi attendeva al centro della nuova stanza, c'erano pellicce, molte pellicce stese sul pavimento e tende bianchissime a nascondere, forse, quelle che immaginavo fossero delle finestre. E specchi, vetri e specchi enormi, giganteschi, continui lucenti specchi.
Entrò dopo di me e, sorridendomi, si mise subito a parlare gesticolando con braccia, capo e corpo intero. Una lingua colorita di parlata vivace, una pronuncia spigliata degna di abitudini oratorie e racconti infiniti. Mi accecò. Un corpo leggermente grassoccio con due occhi brillanti, scuri e scintillanti che incrociando il mio sguardo stordito si illuminarono di gaiezza. Mi presero, mi feci prendere e me ne innamorai. Interruppi quell'amabile parlatrice avvolta da un abito cremoso, le presi la mano avvicinandomi e mordendole delicatamente una guancia rosea come il colore delle sue parole. Mi si sedette accanto e presi ad accarezzarle un piede. Le mani scorsero come fluido su quelle gambe ben fatte; lei abbandonò dapprima i piedi alle mie mani e poi, stendendomi, premendomeli sul torace mentre le mie carezze correvano su e giù per quel corpo inaspettato.
Era ciò che attendevo da tempo, un'avventura che fosse e durasse più di un'avventura, che si ripetesse nel tempo. Era ciò che cercavo? La sfrenata voglia di un corpo appena o non ancora conosciuto, l'abbandono di sensi appena o non ancora scoperti, il fare mio ciò che non mi si era ancora ben presentato.
Passò del tempo, tanto. Trascorsero amplessi, tanti, diversi e con donne diverse: donne diverse per avventure diverse. Attimi diversi e gioie ancora differenti e più solitamente differenti. Fu dopo aver bevuto il succo di un frutto dal corpo armonioso dell'ultima avventura che mi tornarono alla mente gli occhi lucenti e scuri dell'abile parlatrice della quale, mi resi conto, non conoscevo nemmeno il nome.
O forse sì. Un nome strano: orgasmo puro o armonia leggera? Non mi va, meglio andare. Uscii, me ne andai.

Qual era in quelle condizioni l'unico problema? La sola preoccupazione? Quella di come potersi vestire? Di quale camicia o maglione indossare? Quale colore scegliere?
L'anticamera di una diversità penetrabile solamente con un immenso vuoto interno, con la mancanza di stimoli e d'inviti. La libertà, la libertà dei folli. Della crescita continua e incessante della noncuranza. Eppure i colori sembravano diversi, vivi, in movimento. Eppure i riflessi vomitavano sensazioni, gioia, dolori, sorriso e lacrime. Ma non venivano raccolti. Venivano scansati da un gioco di smorfie, di atroci e umilianti smorfie. Il benessere tonificava le viscere del sentimento ma, allo stesso tempo, lo circuiva in una ragnatela spessa a tal punto da risultare indistruttibile. Con la mente che tornava al suo profondo riposo. Al suo benessere completo. Alla sua risaputa e conosciuta immobilità. Sì, l'unico problema rimasto era solamente quello della miglior scelta della maglia, della camicia e dei loro colori.
La mano tesa per ricevere, la bocca aperta per bere e mangiare, la mente colma di piacere, la giostra varia, lucente e sempre più maestosa.
Ma perché non riesco più a sognare?
Perché non ho più niente da sognare?
Il bello può stancare, ma ti fa sempre e comunque piacere proseguendo nella rincorsa vorticosa di ciò che potrebbe aspettarti oltre, dopo e più in la. Cose un attimo prima desiderate e ora fatte nullità, pressoché ignorate. Il drappo rosso. Ecco! L'ho sentito urlare da quell'uomo: il drappo rosso! Fermo! Non vorrai rovinare…
L'alba, probabilmente ammaina la vela, lo specchio era enorme e le nostre ombre non riuscivano a scalfire, neppur minimamente, la sua piattezza, la sua luminosità e la curiosità che a tutti incuteva. Eppure ci dovrà pur essere una fine, dove il viaggio possa terminare, dove le bellezze possano anch'esse finire. Oppure il bello è infinito? Il bello acceca riuscendo a non metterti in condizione di poterne vedere la fine.
Occhio presente, prendimi la mano ed accarezza tutto quel che rimane della mia mente.
La stranezza di una simile avventura era tale da offrire la sensazione di poterci rifugiare e chiuderci fuori dal mondo, dalla nostra esisten-

za divenuta improvvisamente sorda e cieca alle stesse fantasie del mondo. Ma le fantasie, si sa, possono essere monotone, uguali e secondarie. La nostra esistenza si stava immergendo in una fantasia unicamente nostra e sovrana che riusciva a rimpiazzare la realtà. La realtà esterna caduta ormai in uno stato letargico di soporifera dolcezza. Eccoci ancora una volta attratti dal mondo esterno e dal suo delicato sonno. Pronto al risveglio se continuato a vivere: allora si sceglie la luna, lasciando la sua ombra alle fantasie frantumate dalla realtà brutale ma viva.
Ci trovammo entrambi all'esterno: era finito, era finita.
Si temeva che la fine potesse non arrivare mai, invece eccola. Tenendoci nuovamente per mano, ignorando entrambi l'appena trascorso ma intuendo di aver vissuto situazioni e avventure simili, riprendiamo nuovamente la strada. Questa volta in senso inverso, questa volta ammutoliti, adesso con gli sguardi verso l'alto a contemplare la luna che si stava golosamente inghiottendo la sua ombra. La nostra scelta era realtà a noi di fronte. Scelta di uomini poveri, di instancabili lavoratori del mondo, di continui lottatori della vita.
La luna inghiotte la sua ombra e sorride grandiosa e potente.
Le nostre ombre, unite, percorrono la maestosa strada svanendo.
Potenti.

Mi sento disarmato, dopo questo racconto di Andrea risvegliatosi dal coma con queste immagini, vissute nell'immaginario o chissà in quale altra sottile realtà esistenziale.
Durante il suo stato di coma, unitamente agli interventi dello staff medico che lo seguiva, consigliai alla compagna di utilizzare uno spray a base di Sundew (il fiore australiano dei sognatori ad occhi aperti che, il fiore, è in grado di riportare al presente) spruzzandolo più volte intorno al letto e nella stanza stessa.
L'esperienza con Sundew che Andrea prova a raccontare è pari ad una visione immaginativa che mi riporta ricordando una cascata d'erba, d'alghe, di tela verde e un bagliore bagnato, sfilacciato ma consistente, intrecciato e luccicante. Una barriera di steli ordinati e intrisi d'acqua corrente.

Da sfilare, da sfondare, da passare con quella strana sensazione colma di dolce irruenza che ci fa entrare in una donna, come in un mondo, spingendo piano con le spalle più che col corpo, sentendo e vivendo appieno l'attimo di quel trapasso penetrante. Poi dentro e al di là, come in una donna, come in altra storia, come nella realtà di una fiaba.
Colori intensi, cieli celesti, distese verdi, case piccole rosse ed umane, voli d'uccelli come acquarelli assopiti e grandi spazi appaganti accompagnati da un silenzio di pace misto al colore: vita d'uomo, di donna, d'amore.
Una consistenza più che reale tra immagini e suoni sereni. Ascolto i colori, avvolto dalle luci e dagli odori che si mettono a giocare con l'anima certo libera ma anche beata prigioniera del nuovo mondo. Di un nuovo dipinto di mondo che ha preso la vita con la mia voglia di vita.
Bentornato Andrea!

Un pizzico di...*FIORI AUSTRALIANI*

L'uomo non può scoprire Nuovi Oceani finché non ha il coraggio di perdere di vista la Spiaggia (Anonimo)

I fiori australiani si pongono come obiettivo il riequilibrio bioenergetico, ovvero la sintonia tra gli aspetti emotivi, caratteriali e intellettuali della Persona.

Il loro meccanismo di azione è essenzialmente di tipo energetico e vibrazionale offrendo un vero e proprio messaggio comunicativo tra le componenti dell'assetto emozionale.

Per gli antichi erboristi la comprensione dell'intervento delle piante sull'uomo si basava soprattutto su quella che veniva chiamata la dottrina delle segnature.

Le caratteristiche proprie di una pianta o di un fiore, il loro profumo, il loro aroma, il loro modo di crescere e la loro forma materiale, indicavano (segnavano) le loro possibilità e caratteristiche curative.

La principale funzione dei fiori australiani è di rappresentare un aiuto per permettere alla Persona di recuperare il contatto con se stessa e con la sua profondità per concepire l'armonia e la vera essenza dello scopo di vita e dei desideri propri di ogni individuo.

Un pizzico di...*SUNDEW*

Sono focalizzato qui e ora
Adesso sono ancorato al piano fisico

Sundew è il fiore della "dissociazione" del "vago": di tutte quelle condizioni, forzate o meno, che rappresentano una fuga dalla vita e dalle situazioni. Negli shock acuti "lo spirito esce dal corpo" poiché il contesto diventa troppo difficile e destabilizzante per poter gestire la vita in maniera cosciente ed equilibrata.
Nelle situazioni comatose, nelle esperienze di avvicinamento alla morte, Sundew aiuta a ripristinare il contatto con il piano fisico e a ritornare nel presente per poterlo vivere e magari assaporare.
Svolge un vero e proprio lavoro di fissare alla terra: di ancorare alla realtà, accettandola e riportando l'esistenza verso piani di controllo.
Sognare, immaginare, vagare nel profondo della mente, sono esperienze di Sundew che aiuta però a riportare equilibrio tra il piano eterico e quello fisico evitando situazioni traumatiche.

Un pizzico di... *PSICOLOGIA*

Le informazioni e le conoscenze che possediamo dal punto di vista psicologico rispetto al vissuto del coma sono sicuramente di natura limitata.

È possibile definire il coma, in maniera molto sintetica, come uno stato caratterizzato dalla perdita parziale o totale della coscienza, della motilità e della sensibilità.

A proposito dello stato di coscienza, sappiamo che questo può porsi a diversi livelli che vanno dallo stato di veglia al sonno passando per stati di dormiveglia o di meditazione dove si può parlare di stato di coscienza modificato.

Ma proprio per quanto riguarda la coscienza, siamo tutti portati a porci diverse domande a riguardo.

Che cosa realmente intendiamo per coscienza?

Viene realmente totalmente persa la coscienza quando una persona si trova in coma?

Quando consideriamo la coscienza come persa? E come si sente una persona che perde coscienza per un lungo periodo di tempo?

Esistono stati alternativi di coscienza?

È possibile pensare che piuttosto di una perdita si possa parlare di uno stato diverso di coscienza?

È proprio su quest'ultima domanda che la storia di Andrea ci mostra una nuova prospettiva, aprendoci verso nuovi orizzonti.

Perché Andrea al suo risveglio ci mostra di avere ricordi (reali o immaginari non ha grande importanza), memorie, ci racconta delle storie, delle fantasie, delle immagini, delle sensazioni e delle percezioni. Andrea ci mostra che la sua mente qualcosa ha vissuto, in chissà quale modo e con chissà quale coscienza.

Forse ha poca rilevanza ora che Andrea si è risvegliato, forse serve solo a farci riflettere sulle possibilità della nostra mente, delle nostre emozioni, del nostro cervello. Forse possiamo tenere per noi questo racconto come parte di un mondo diverso, ricco, variegato, colorato, che poi tutto sommato non si discosta così tanto dal mondo dei sogni che è solo, semplicemente, più conosciuto e meno inesplorato.

I censori tendono a fare quello che soltanto gli psicotici fanno:
confondono l'illusione con la realtà.
(David Cronenberg)

Silvia che abbraccia gli alberi

Il ricordo di quando, bambino in età scolare, avevo come compagno di classe un amico che portava i capelli cortissimi e che, ogni qualvolta lo si incrociava veniva quasi spontaneo passare la mano sulla sua testa per avvertire la sensazione di leggero solletico e di piacevole massaggio di setole morbide, mi avvolse appena.
Silvia entrò nello studio.
Diciannove anni, un fisico sottile, un viso da bambina appena cresciuta e due occhi vispi e piccolissimi, troppo piccoli per farsi guardare anche se intensi al punto da lanciare sguardi da non sopportare.
E i capelli corti, cortissimi, ispidi, a pungiglione, a riccio, cosiddetti a spazzola.
Silvia si fa accompagnare dalla madre che la attende nella stanza adiacente.
Silvia mi scruta, con quegli occhi troppo piccoli e con quello sguardo fulminante.
Silvia cerca, mi cerca e si cerca all'interno della stanza.
Silvia, dopo un attimo comincia a parlarmi e la sua prima frase è di quelle che ti lasciano perplesso, senza fiato, pressoché spiazzato:
-Credo di non essere molto a posto, perché ho sempre un mal di testa feroce e poi… abbraccio gli alberi. Ma questo, mi raccomando, non lo dica a nessuno!
Incrocio i suoi occhi e, dopo un piccolo istante di attesa, abbozzo un sorriso di comprensione.
Spiego che non ci trovo nulla di male nel fatto di abbracciare gli alberi anzi, aggiungo, mi sembra una pratica molto naturale e salutare e mi apro dicendo di invidiarla un poco del fatto che, abitando in

campagna disponesse di questa opportunità che, a me cittadino metropolitano, non era permessa.
Anche perché -provi ad immaginarsi un uomo come me che abbraccia un albero ai giardini pubblici di Milano!- aggiungo.
Ride Silvia, ride finalmente compiaciuta che qualcuno riesca ad intendere la sua pratica, il suo bisogno, senza deriderla o compatirla.
Ride e inizia a raccontarmi del suo mal di testa.
Un dolore feroce, pungente, pulsante, bruciante: un dolore che non le permette di vivere come vorrebbe, che la condiziona in tutto ciò che fa, ma soprattutto -In tutto ciò che penso e che penso di fare- dice.
- Ma cosa fa? - le chiedo
- Niente, assolutamente niente - è la sua risposta.
Cerco di capire cosa significa questo niente e Silvia mi spiega che attualmente non ha nessun tipo di occupazione e che, vivendo sola con la madre in questo luogo di campagna, fino a che non troverà un lavoro occuperà le giornate nella manutenzione della casa.
Non sembra molto contenta, parla dell'argomento coprendosi parzialmente il volto cercando di non incrociare il mio sguardo.
Si capisce che sta vivendo una profonda insoddisfazione, che la sua vita vorrebbe indirizzarla verso strade e mete diverse dal "niente" ma che fa ancora molta fatica a sganciarsi non tanto dalla figura materna, ma soprattutto dal suo aspetto estetico e interiore di adolescente in procinto di crescere ed esplodere.
-Ma il mal di testa?- provo a chiedere per evitare di appesantire il colloquio.
-È un problema che mi porto addosso da quando avevo dodici anni e che niente e nessuno è mai riuscito a curare.
Ecco, ci siamo, penso di trovarmi di fronte all'ennesima persona che vuole delegarmi la responsabilità, non solo del suo sintomo, ma anche e soprattutto della sua possibile guarigione.
Guardo Silvia attentamente: la sua figura così apparentemente indifesa cela uno scudo spesso e ferreo che difficilmente sarà possibile sfondare.
L'atmosfera non è certamente soffice e i nostri sguardi cercano di non incontrarsi per non farsi male.

Devo ammettere di trovarmi sulla difensiva anche perché la sensazione che provo è che Silvia mi attenda per sferrare un colpo importante, forse per ferirmi.
Non tanto per cattiveria, ma per far capire che nonostante la delicatezza infantile della sua figura, il coraggio di accanirsi quando necessita non le manca.
Credo abbia intenzione di infierire e di ferire proprio l'uomo.
Non tanto l'uomo che si trova davanti in questo momento, ma l'uomo in quanto tale.
Decido di non andare oltre e le chiedo di avvicinarsi allo strumento per analizzare i segni della sua iride.
Sembra compiaciuta dal fatto che ho interrotto il colloquio e si siede davanti all'iridoscopio spalancando, per la prima volta, i suoi occhi piccoli e vivaci.
C'è un segno molto netto sulle sue iridi, un segno che all'analisi non può lasciare dubbi.
Mi rivolgo a Silvia -Tra i 10 e i 15 anni le è successo qualcosa di particolarmente grave o importante al punto da lasciarla quasi traumatizzata?
Mi guarda quasi atterrita dal fatto che con uno sguardo dettagliato ai suoi occhi potessi verificare dei segni così certi ed evidenti.
-Perché mi chiede questo?
-Perché a livello del settore relativo a questa età ci sono dei segni di sofferenza molto evidenti e quindi le devo chiedere se effettivamente qualcosa di importante può esserle accaduto
Mi guarda per un attimo e comincia a toccarsi la fronte che dice di sentire calda e bruciante.
Comincia a luccicare nello sguardo e poi finalmente lascia cadere una lacrima.
-Ho perso mio padre- alza il tono della voce.
-Ho trovato mio padre morto- si alza in piedi e compie un giro della stanza.
-Ho trovato mio padre morto in cucina!.
Si siede, si porta le mani alla fronte e se la comprime per poi rialzarsi e vagare per la stanza in cerca di qualcosa che non trova.

Si risiede, stacca le mani dalla fronte e le appoggia sul tavolo verso di me
 - Ho trovato mio padre morto in cucina perché si era ammazzato- sussurra.
Le prendo le mani e la invito a sedersi sul lettino che è posizionato in fondo alla stanza.
Pratico qualche minimo intervento di riflessologia plantare e nel frattempo cerco di parlarle e di calmarla spiegandole che l'origine del suo mal di testa può avere quel tipo di radice e che il trauma sopportato e vissuto si stava esprimendo proprio con quel genere di sintomo.
Non sono sicuro di essere ascoltato anche se il volto di Silvia piano piano si rilascia.
Mi lascia parlare anche, forse, senza ascoltare.
Annuisce ogni tanto per educazione e si lascia trattare abbandonandosi alla pressione delle mie dita.
Termino la seduta e, dopo averla fatta risedere innanzi al tavolo, le consiglio un paio di rimedi a base di magnesio, curcuma e *zenzero*, per il suo mal di testa e la saluto accompagnandola alla porta.
Sembra avere molta fretta di andarsene, anche se, la stretta di mano che le porgo come saluto finale, appare lunga, quasi trattenuta.

Penso ancora a Silvia, nei giorni successivi.
Penso anche a come potrebbe essere il nostro secondo incontro e come potrei impostarlo.
Ci penso spesso fino al giorno in cui mi vedo recapitare una busta con la dicitura "personale" stampigliata in netta evidenza.
Con curiosità apro e mi metto a leggere:
5 minuti del tuo tempo per un racconto tra i racconti
La ragazza vede per la prima volta quell'uomo.
L'aveva immaginato in modo del tutto diverso.
Con una saia bianca.
Con i capelli grigi.
Di una certa età.
La colpiscono i suoi occhi azzurri.
Ama gli occhi azzurri.

Mentre lui legge lei lo guarda e poi, se lo guarda ancora.
Nota la sua bocca.
Ha una forma invidiabile.
Una forma perfetta.
Di colpo si trattiene.
Perché d'istinto vorrebbe baciare quelle labbra.
Vorrebbe toccarle anche solo con un dito.
Vorrebbe morderle.
Non capisce bene cosa stia succedendo.
Lei continua a guardarlo.
C'è qualcosa di strano, ha paura di non riuscire a resistere.
Vede il suo corpo che si alza dalla sedia.
Vede le sue labbra baciare quelle dalla forma perfetta.
Sente quell'uomo.
Lo tocca.
Ascolta il suo respiro.
Vorrebbe rimanere in quella situazione per molto tempo, per molte ore, forse per sempre.
L'immagine svanisce.
Si ritrova seduta sulla sedia sulla quale era prima.
Era solo un'immagine.
Un bel sogno.
La ragazza aveva solo paura che ciò potesse realmente succedere.
Lo desidera ma ha paura di essere sfacciata.
Di essere soprattutto rifiutata.
Quell'uomo si accorge che la ragazza lo guarda, e per qualche secondo la guarda anche lui.
La ragazza sente un brivido sulla schiena.
Ha delle reazioni insolite: insolite di fronte ad uno sguardo anche se normali in altre occasioni.
Lui la sta toccando e lei sta quasi per impazzire.
Sente i suoi movimenti, il suo calore: la pelle.
Prova piacere.
Vorrebbe non finisse mai.
Vorrebbe una bacchetta magica per fermare il mondo.
Il mondo, in quel momento, è tutto li.

Potrebbe succedere qualsiasi cosa al di fuori, ma alla ragazza non importerebbe nulla.
Sarebbe li con quell'uomo sconosciuto e continuerebbe a guardarlo.
Il risveglio da un sogno: il tutto finisce con una formale stretta di mano.
La ragazza capisce che forse anche all'uomo è successo qualcosa.
Ma forse è solo presunzione.
Forse ha visto e sentito male.
È ancora un poco agitata.
È una ragazza dall'indole tranquilla: nota per la sua faccia tosta ma tendenzialmente tranquilla.
Non si lascia scombussolare dagli eventi spiacevoli della vita.
Guarda avanti e cammina.
Poi magari le radiazioni di quegli eventi la inquinano, ma lei tira dritto e cammina tranquilla.
Questo evento della vita invece la lascia piuttosto irrequieta.
Un evento speciale.
Stupendo.
La sua pelle brucia.
E quando tocca la mano di quell'uomo vorrebbe portarla via con se.
Fa molta fatica a lasciare quel che di bello le sta succedendo.
È l'ultimo momento in cui ha paura di non riuscire a controllarsi.
Respira profondamente come aveva fatto prima, e se ne va, turbata dal fatto di non poterlo rivedere per parecchio tempo.
Ora il pensiero di quell'uomo la assilla.
Sa benissimo che non è innamorata.
Sa semplicemente che nessuno può sfuggire alle forze energetiche ed alle loro reazioni.
E l'energia di quell'uomo era qualcosa di straordinariamente compatibile con la pelle della ragazza.
Ora lei si sente come se fosse stata privata di qualcosa di essenziale.
Di meravigliosamente piacevole.
La sera prova a sognarlo.
Chiede aiuto agli dei, ma nessuna risposta arriva per lei
Solo qualche notte più tardi lui entra in uno dei suoi sogni.

E la ragazza ne approfitta perché sa molto bene che il tempo è poco, e non potrebbe non approfittarne.
Lascia a parte le formalità: lo bacia, lo tocca, fa l'amore con lui.
Si prende tutto quel piacere che ha dovuto trattenere in precedenza.
Al risveglio decide che quell'uomo sarà parte dei suoi sogni fino a completo esaurimento della notte.
Se lo porterà via con lei in un posto lontano.
Attraverserà il mare con una nave e lui sarà sempre nei suoi sogni.
Visiterà terre meravigliose, e lui sarà lì ad aspettarla, nella notte.
Gli ruberà tutto il piacere che vorrà.
Gli darà il suo corpo e tutto quello che vorrà.
Al risveglio finirà tutto, come se il sole del giorno bruciasse entrambi.
I loro corpi.
I loro piaceri.
E la ragazza aspetterà di nuovo la notte.
E poi ancora.
Decide anche di far sapere a quell'uomo ciò che le è successo e le sta succedendo.
È proprio in questo momento che lui ne viene a conoscenza.
Ora. Proprio ora.
E mai più.
Potrebbe di principio avere uno schizzo d'ira: -Come si permette quella di scrivermi cose del genere!?!!? Io sono un professionista serio!!- potrebbe dirsi.
Oppure trovare la cosa simpatica.
Qualunque possa essere la reazione, la ragazza è convinta della libertà degli uomini.
E tra le libertà è d'uso anche quella di esprimersi.
Di esprimere le proprie idee ed i propri sentimenti.
Purché non faccia del male, purché non distrugga.
E solo a lui avrebbe potuto raccontare tutto ciò.
Non sarebbe servito a niente trattenerselo o divulgarlo in direzione sbagliata.
L'uomo continua la sua vita.
La ragazza continua i suoi sogni.

Rimango per un attimo perplesso.
Sono sorpreso, mi lascio andare allo schienale della poltrona e provo lentamente a rileggere il tutto per capire cosa possa essere successo durante quell'incontro.
Rileggo tra le righe.
Mi turbo.
Mi abbatto, mi rialzo.
Provo a capire.
Combatto tra lo stupido e infantile orgoglio di stampo maschile e la natura umile e umana del semplice uomo, non e mai del solo serio professionista.
Passa un giorno e vedo tra gli appuntamenti ancora il nome di Silvia.
Mentalmente ripercorro i momenti dell'incontro e i passaggi dello scritto per decidere l'atteggiamento da tenere.
Cosa voleva comunicarmi Silvia tra le righe del suo scritto?
Quali bisogni, quali mancanze, quali segnali inviare?
Decido di incontrarla parlando della lettera e spiegandole che, valutata la situazione emotiva, non avrei potuto continuare ad essere il suo terapeuta di riferimento.
Sono nervoso, giro per la stanza costringendo i pensieri a trovare una pecca nel mio atteggiamento che potesse spiegare un fraintendimento così forte, così importante.
Mi soffermo sul termine "importante".
Perché io sono diventato così importante per Silvia?
Perché l'ho ascoltata, perché l'ho compresa ma perché soprattutto non l'ho derisa quando all'inizio mi raccontò del suo bisogno di abbracciare gli alberi.
Ecco, gli alberi.
Devo trovare un significato a questo gesto "importante".
L'albero è il tronco, è qualcosa di solido, è piantato per terra, è un riferimento, per molti versi un vero e proprio indirizzo nel crescere... l'albero è un padre!
Questo potrebbe essere il bisogno di Silvia, che vorrebbe indirizzare attenzioni e affetti al padre, al padre albero, al padre terapeuta.

La testa duole per il pensiero dolente, per i pensieri frequenti e ricorrenti, per far scorrere il ricordo e i ricordi, per sopperire con tutto il possibile alla mancanza di riferimenti, di solidità e di certezze.

Silvia entra come nulla fosse.
Mi racconta del leggero miglioramento del suo mal di testa.
È tesa, contratta, seriosa, con lo sguardo abbassato.
Decido di parlarle subito e le dico di aver ricevuto il suo scritto.
Si scioglie in un piccolo sorriso di sollievo che svanisce subito quando inizio ad esprimere i miei pensieri.
Si fa cupa, arrossa in viso e picchia i pugni sul tavolo alzandosi di scatto.
-Ma io non le ho chiesto niente!- mi urla
-non mi sembra di aver fatto del male!
E' eccitata, arrabbiata, quasi furiosa nella sua convinzione che io possa non aver capito.
-Non ha fatto e non sta facendo del male ma io non posso essere il suo terapeuta in questa situazione
-Io non le ho chiesto niente!- seguita a urlare
-Cosa vuole?-
le domando
-Mi dica cosa vuole?
Corre per la stanza sino alla parete opposta, si ferma di scatto, ritorna davanti a me e poi riprendendo la corsa seguita a urlare
-Non ho fatto niente di male! Non ho fatto niente di male!
Cerco di calmarla ma lei corre, urla, scalcia: è furiosa.
Non con me.
Chissà con chi.
Cerca un albero, un albero grande, gigantesco, sul quale sfogare la sua ira, i suoi sentimenti.
Faccio il duro:
-Se cerca un albero da abbracciare eccomi, lo faccia! In questo momento posso essere il suo albero!- le urlo ponendomi ritto di fronte a lei.
Silvia si avvicina, mi guarda con gli occhi sempre più piccoli, la bocca serrata come i pugni che tiene nelle mani.

Mi sfida con lo sguardo.
Con tutto il corpo.
Mi sferra un poderoso calcio sulle gambe, picchia un pugno sulla parete vicina e se ne va correndo.
Rimango un attimo in piedi confuso, dolorante e mi riprendo solamente dopo poco quando al telefono Silvia mi parla, si scusa e m'informa di voler accettare i miei consigli.
Silvia ora chissà quali strade avrà percorso, quali cammini, quali mete pensate e quante raggiunte.
Quanti alberi o quanti e quali uomini abbracciato.
Il padre non potrà mai riaverlo, ma quello che un padre rappresenta senz'altro si.
Dentro di lei.
Nel suo profondo.
Nel suo profondo cammino di ragazza semplice e sensibile che... abbracciava gli alberi.
Spero possa incontrare un piccolo uomo che le possa piantare tanti alberi da poter abbracciare.

Un pizzico di...*ZENZERO*

Lo zenzero è delicato e pungente: spinge a guardarsi negli occhi.
(Tassos Bandis – Vasilis dal film "Un tocco di zenzero")

Negli antichi erbari lo zenzero era raccomandato per la sua capacità principale di infondere e sviluppare calore.
La proprietà maggiore è appunto quella riscaldante apportando beneficio sia a livello gastrico (contrasta le nausee) che a livello propriamente stimolante.
Si riporta che Confucio (551-479 a.C.) portasse sempre con sé qualche pezzo di zenzero da assumere durante la giornata e i mercanti cinesi, per poterlo gustare sempre fresco e al meglio delle sue proprietà, imbarcavano le piante sulle loro imbarcazioni durante le traversate commerciali.
Oltre che per la via marittima delle spezie, lo zenzero arrivò in occidente, insieme all'oro e alla seta, per la via degli Sciti che scambiavano l'oro con la seta e, unitamente alle altre spezie, anche lo zenzero cominciò a far parte del Celeste Impero.
Venne quindi conosciuto dagli assiro-babilonesi che lo inserirono nel loro erbario con il nome di kurkanù-sa-sadi.
Proprio per le spiccate proprietà riscaldanti e stimolanti, lo zenzero rappresentava la spezia più afrodisiaca diffusa in Oriente e, ancora oggi, viene pestato e ridotto in poltiglia dalle donne islamiche: impastato con miele e offerto a piccole dosi ai loro uomini.
L'azione antiemetica dello zenzero è stata studiata nelle più importanti forme di nausea e vomito legati alla gravidanza.

In uno studio randomizzato, in doppio cieco, con controllo incrociato, si è somministrata una dose di 250 mg. di polvere di radice di zenzero per 4 volte al giorno.
In meno di 20 settimane il risultato fu, in 19 casi su 27, una marcata riduzione della nausea e degli episodi di vomito.

(Fischer-Rasmussen – Ginger treatment of hyperemesis gravida rum. 1990)

Un pizzico di... *PSICOLOGIA*

Nel racconto di Silvia troviamo una simbologia molto forte dal punto di vista psicologico: l'immagine dell'albero.
Questo simbolo sembra realmente accompagnare tutta la vita di Silvia che decide di comunicarlo da subito, quasi in forma provocatoria, fin dal primo appuntamento.
L'immagine dell'albero è il simbolo che per eccellenza viene associato alla struttura della personalità di un individuo. A partire dalle sue radici, passando per il tronco e arrivando fino alla chioma, la quale potrà dare frutti, potrà seccare, potrà rigenerare. Inoltre negli alberi scorre la linfa che viene facilmente associata allo scorrere del sangue negli esseri umani.
Sulla base di questo, dunque, è immediato osservare come per Silvia possa essere stato spontaneo associare la figura del padre alla figura di un albero, il desiderio di un abbraccio paterno con l'abbraccio di una pianta.
In maniera semplice, diretta, senza bisogno di troppe interpretazioni.
Eppure nonostante la semplicità Silvia continuava a trovare sul suo percorso persone che molto probabilmente valutavano come strana, bizzarra, sbagliata questa sua abitudine. Trovava persone incapaci di comprendere, capire o anche semplicemente vedere o ascoltare.
Per questo Silvia resta spiazzata quando, forse per la prima volta, trova qualcuno che intende normali i suoi gesti.
Per questo le riesce più facile associare quella persona ad un albero, ad un padre.
Per questo quella persona in pochi attimi riesce a far emergere emozioni importanti, contrastanti, irruenti, confuse.
E forse è proprio per questo che Silvia accetta quei consigli, accetta quel percorso e decide di farsi guidare per quella strada, per quella via, proprio come si seguirebbero i suggerimenti di un padre.

L'inverno noi andremo in un vagone rosa
Con azzurri cuscini
Staremo bene.
Dentro quei soffici cantucci ci son nidi di baci.
(Arthur Rimbaud)

Sara e il suo cane

Grosse teste con creste aguzze che spiccavano verso l'alto, due a sinistra e due a destra; lingue rosse che uscivano tra denti minacciosi e fumi colorati, il tutto accompagnato da musiche stridenti e vocii paurosi che sgorgavano dagli altoparlanti posti ai lati dei quattro draghi.
Sara non ci voleva salire su quella giostra, le faceva paura, proprio non le piaceva.
Ma il fratello maggiore insisteva, voleva metterla alla prova, oppure mettere alla prova la propria stupida superiorità maschile.
Allora Sara, cocciuta, testarda e tenace come sempre, raccogliendo la paura nelle sue spalle esili, acconsentì e salì su quella giostra dei draghi verdi che, appena partita, catapultò i loro corpi a velocità talmente assurde da far accapponare la pelle anche al più temerario degli uomini coraggiosi.
E sai che divertimento!?
Un divertimento da ricordare, vero Sara?
Il racconto me lo fa la madre di questa bimba di sette anni gracile, pallida, emaciata e silenziosa.
Troppo silenziosa.
Al punto da non far uscire dalle sottili labbra nemmeno un accenno di saluto, nemmeno una smorfia del viso e, dopo un solo timidissimo sguardo iniziale, nemmeno i piccoli occhi riuscivano a indirizzarsi verso di me.
Sara non c'era.
Non voleva esserci.
Non voleva ormai più nessuno.
La madre racconta che dopo quell'esperienza, quel viaggio sulla giostra del drago, Sara non ha più parlato con nessuno, le uniche scarne

parole erano quelle che rivolgeva alla madre ma in assoluta intimità, senza che nessun'altro potesse ascoltare o solamente vedere questa piccola bimba intimorita parlare.
Già, perché parlare o confidarsi sarebbe sembrata una debolezza e si sa, i deboli non sono fatti per i draghi.
Mi viene riferito anche che da quel momento Sara non ha più voluto andare a scuola.
Senza motivi, senza giustificazioni, senza apparenti motivazioni.
Non è che non ci provasse, anzi, ogni mattina percorreva la strada del piccolo paese che la conduceva all'edificio scolastico ma quando si trovava di fronte ad esso iniziava a sentirsi male: sudava freddo, il cuore palpitava, i muscoli si irrigidivano: non riusciva ad entrarci in quella scuola.
Un giorno ci era anche entrata ma, dopo solo alcuni minuti la videro svenuta sul banco.
Trattiene a stento le lacrime la signora che mi sta raccontando l'ultimo mese di disavventure della sua bambina.
Le trattiene fino a quando dalla borsa non toglie, appoggiandoli sul tavolo, tutti i farmaci che medici e specialisti hanno prescritto alla bimba.
Adesso le lacrime scendono e scivolano su questo viso che, pur marcato dalla sofferenza, mantiene il colore roseo della sua costituzione.
Mi aspetto che Sara, magari commossa, emozionata o colpita dal pianto della madre, abbia qualche reazione; invece nulla, nemmeno si avvicina e scorgo che, mentre la madre cerca di avvicinarsela tendendole un braccio, si scosta bruscamente.
La signora si accorge che la scena non mi è stata indifferente e mi sussurra che, da quella volta, Sara non vuole essere toccata: da niente e da nessuno, nemmeno sfiorata, figuriamoci baciata.
Lancio un'occhiata ai farmaci che sono stati sottoposti al mio sguardo e, con un certo fastidio, mi accorgo che si tratta di psicofarmaci.
Di ogni tipo e di ogni genere.
Accolgo la preoccupazione della madre nel continuare a somministrare quelle medicine alla figlia, ma sottolineo che non è in mio potere (nemmeno diritto) sia sotto il profilo legale che a livello etico

esprimere giudizi sull'operato dei medici e soprattutto sull'efficacia o meno dei farmaci.
Spiego che la mia professione e soprattutto la mia preparazione seguono una strada completamente differente rispetto a quella medica, che comunque non viene in alcun modo osteggiata o contrastata e che, non essendo medico ma naturopata non posso permettermi di modificare, anche a livello di consiglio, le indicazioni dei medici.
Mi guarda fisso per un attimo e poi si scioglie in un sorriso facendomi intuire di aver ben capito e che, probabilmente proprio per quanto io ho detto, lei si era rivolta a me.
Rispondo compiaciuto al sorriso e chiedo ulteriori notizie, non tanto sull'episodio accaduto quanto sull'infanzia di Sara e sulle persone che ha frequentato e che attualmente frequenta.
Ne esce un quadro "tranquillo" apparentemente sereno, senza strattoni o "deviazioni" di sorta: un quadro da brividi piatti, senza emozioni né deboli né forti, senza cambiamenti, senza alcun tipo di altura.
Proprio come il paesaggio che contorna la loro abitazione: deserto, piatto, tranquillo, con un'unica strada che, lunga e diritta come un ago da calza, scorre per le campagne circostanti collegando l'abitazione della famiglia di Sara con la strada principale.
Un'infanzia fatta di molto silenzio, di grandi giornate vuote, silenziose, tranquille: assolutamente e volutamente asettiche.
Non posso certo permettermi di giudicare scelte di vita di persone semplici, umili e comunque oneste, come mi sembrava la persona che mi sedeva di fronte ma, non posso comunque fare a meno di pensare che forse la crescita di un bambino, di una nuova persona, ha necessariamente bisogno anche di stimoli differenti.
Di stimoli e di situazioni che possano portare anche al di là della lunga strada diritta e desolatamente vuota, anche al di là delle sole campagne circostanti, anche al di là dell'unico rumore di niente che avvolge il caseggiato dove Sara è nata e vive tuttora.
Ma si sa, l'occhio e la mente del cittadino metropolitano tendono sempre ad essere ipercritici nei confronti dell'opposto vitale.
La mente e l'occhio dell'umano tendono sempre e comunque, per istinto o per necessità, a criticare ciò che viene inteso come diverso,

come differente; forse per un pizzico di invidia nei confronti degli opposti o solamente per manifesta incapacità nel sentirsi capaci e in grado di poter gestire situazioni che sembrano così distanti da affacciarsi alle nostre menti con una timidezza e un timore reverenziale assolutamente estremi.
Provo a guardare attentamente questa bimba che non vuole farsi scrutare, che si nasconde svolazzando lenta nella stanza giocando con le nostre ombre e con la sua mite e minuta figura.
Salta, la sua ombra, o forse la sua candida anima, da un angolo all'altro, dall'alto in basso, dal soffitto al pavimento, da una parete all'altra senza mai fermarsi, senza mai farsi prendere o solamente vedere.
Perché Sara non c'è.
Non ci vuole essere.
Il mio sguardo deve infastidirla a tal punto da farmi sentire in imbarazzo concedendomi, ogni tanto, delle occhiate pesanti come macigni e intrise di sfida netta e cocente come le sue voglie e i suoi pensieri, così turbati da non farla quasi più vivere in maniera serena. Magari tranquilla. Come quel posto nel quale vive.
Procedo nel mio percorso professionale e, chiaramente e per fortuna, non trovo assolutamente nulla che possa spiegare o giustificare un simile atteggiamento.
Mi limito a consigliare alcuni composti di piante e un'essenza di *gelsomino*, per cercare quantomeno una sorta di riequilibrio a livello nervoso e, dopo aver tranquillizzato la madre, mi accingo a salutarla dandoci appuntamento al mese successivo.
Sono solito portare nella borsa dei piccoli "gadget" che utilizzo, regalandoli, quando mi vengono a trovare dei bambini, e anche quel giorno metto mano alla borsa e ne estraggo un piccolo cane di peluche che funge da ciondolo o portachiavi.
Lo allungo a Sara mentre sto per salutarla.
La sua mano si tende verso il peluche e i suoi occhi cambiano improvvisamente aspetto: si rivitalizzano, si emozionano, si colorano di una luce squisita che mai era apparsa durante il tempo del nostro incontro.

E, fatto ancora più sorprendente, si lascia accarezzare la testa nel congedo finale.
Penso molto a questo incontro.
Ci penso la sera stessa e i giorni successivi.
Penso e rifletto soprattutto sull'atteggiamento di Sara di fronte alla mia offerta finale: sarà stato il peluche?
Sarà stato il gesto di offrirle qualcosa?
Sarà stato il vedermi non come terapeuta ma come persona?
Come amico?
Ci rifletto ma i pensieri sembrano girarmi a vuoto nella testa.
Non ci arrivo.
Qualcosa mi sfugge.
Forse molto, mi sfugge.
Anche nei giorni a venire ripenso a quell'incontro, a quella esile bambina, soprattutto a quegli occhi così diversi dopo aver preso tra le mani il piccolo cane di peluche.
Ci penso fino a quando, dopo circa un mese, ritrovo Sara e la madre nel mio studio per, come concordato, fare il punto della situazione dopo il primo periodo d'intervento naturopatico.
La Signora mi dice che Sara, il giorno dopo il nostro precedente incontro, prese i farmaci che stava assumendo e li gettò direttamente nell'immondizia sostenendo di volersi curare solamente con i rimedi che io le avevo consigliato.
Sobbalzo, mentalmente, dalla sedia aspettando di sentirmi raccontare qualche effetto paradosso dovuto all'interruzione dei farmaci ma, per fortuna, ciò non accade.
Anzi, continua la madre di Sara,
-Ho visto mia figlia più motivata e più intraprendente, anche se...
Si ferma un attimo, rivolge lo sguardo verso Sara che si era appoggiata alla mia sinistra con i gomiti sul tavolo
 -Anche se..., di scuola non se ne parla nemmeno!
Sara ascolta.
Si incupisce.
Incenerisce con lo sguardo la mamma e si rivolge a me con voce flebile

-Io avevo un cane, avevo un cane come quello che tu mi hai dato l'altra volta…
Aspetta con ansia la mia reazione e, all'accenno d'intervento della madre riesco a farle capire, strizzando leggermente gli occhi, di non parlare, di aspettare.
Infatti Sara, forse sorpresa da questo attimo di silenzio, aggiunge
-Si chiamava Gardo-
Adesso si che posso intervenire, e lo faccio con un sollievo tale da sentirmi il cuore raggiante di calore, di sentimento, di affetto e di rinnovata voglia di poter aiutare questa piccola persona bionda in difficoltà.
Perché adesso Sara mi ha fatto capire di esserci.
Mi ha fatto capire di volermi.
Ora sta a me capire cosa vuole e come mi vuole.
Chiaramente indago sul cane Gardo e, dal racconto della madre vengo a sapere che fin dalla nascita Sara era vissuta in compagnia della bestiola che era diventata il punto di riferimento delle sue giornate e dei suoi giochi.
Poi, qualche mese fa, Gardo venne trovato senza vita sulla strada che porta alla loro abitazione, probabilmente investito da un'auto.
Ci volle un po' di tempo affinché Sara potesse accettare l'accaduto.
Tempo trascorso tra lacrime e disperazione; tra capricci e prove di forza con i genitori che, a sua detta, non presero sul serio la morte di Gardo e soprattutto non vollero più un cane da tenere con loro nella grande casa di campagna.
Questo fu lo sfogo di Sara.
La punizione inflitta ai genitori e al fratello era proprio quella di smettere di parlare e smettere di onorare il suo impegno scolastico.
Consolo con parole di circostanza dispiaciuta e vere carezze affettuose la testa di Sara che ormai mi si era pressoché seduta al fianco e, congedandomi da loro, riesco a far capire alla madre di volerle parlare senza la presenza della figlia.
Con una banale scusa Sara uscì dallo studio e rimase, in compagnia del fratello, nella sala d'aspetto a sfogliare alcune riviste.

Vidi, scorgendo la data di nascita sulla mia scheda, che tra qualche tempo sarebbe stato il compleanno di Sara e chiesi alla madre se non fosse il caso di regalarle un nuovo cucciolo di cane.
Lo sguardo della signora si alzò verso i miei occhi
-Crede sia necessario?
-Più che necessario credo sia importante per Sara- affermo guardandola e scorgendo un volto non convinto.
-Sa, mio marito, non è proprio d'accordo
-E perché?- mi permetto di obiettare
-Perché non è proprio un amante dei cani...
Si gratta il naso e, dopo essersi assestata con una mano i capelli, aggiunge
-Però, potrebbe essere un'idea. Certo come mai non ci avevo pensato prima?
La saluto stimolandola nel provare a convincere il marito e chiedendole di chiamarmi tra circa due settimane per mettermi al corrente sugli sviluppi dello stato di Sara.
Mi sorride e mi fa cenno di si con la testa.
Mi sorride il fratello e mi sorride Sara stessa che mi si avvicina per essere abbracciata di fronte allo stupore della mamma.
-Ciao Sara a presto, e salutami la tua bella campagna
-Ciao naturopata, perché non vieni a trovarmi nella mia bella campagna?
Annuisco promettendo che prima o poi andrò a farle visita a patto che mi faccia da guida e mi insegni i nomi di tutte le piante che circondano la sua abitazione
-Perche sai?- aggiungo sorridendo
-Noi naturopati di città siamo molto ignoranti sulle piante e quindi abbiamo bisogno di una Sara maestra che ce le possa insegnare.
Ride, ride di gusto, pensando probabilmente all'imbecillità di noi poveri esseri che scegliamo di vivere immersi nel cemento e non nella natura vasta e sconfinata del suo piccolo paese.
Mi sento soddisfatto e riesco a non pensare a quell'incontro fino a quando, qualche giorno più tardi, mi arriva la telefonata della madre di Sara.
-Senta, uhm, volevo dirle, uhm...

mi allarmo -Forse Sara non sta bene?
-No anzi, sta benissimo!
mi tranquillizzo -E allora?
-Allora volevo invitarla al suo compleanno che sarà il prossimo sabato.
La sento un po' a disagio.
-Lo so, con tutti i suoi impegni, ma sono certa che Sara ne sarebbe felicissima; non fa che parlare di lei e del suo peluche!
-Ecco, appunto, il peluche...
-Come, perché il peluche?- mi risponde sorpresa
-Perché sarebbe il caso di tramutarlo in un cane reale, non trova?
-Lei dice?
-Dico, dico…- ci penso un attimo e poi azzardo
-Facciamo un patto: io vengo al compleanno di Sara se il suo regalo sarà un cane!
-Ma un cane vero! Mi intende?
Mi intende, mi intende la signora e infatti dopo un soffio di silenzio
-Va bene, credo proprio sia la cosa giusta, anzi, sa che lo abbiamo forse già trovato?
Sono contento e saluto la signora accordandomi per la festa di compleanno del sabato successivo.

Maledicendo più volte, anche a voce alta, la lunga strada che mi sta portando fuori dalla città in questo altrettanto maledetto sabato padano di grigiore e freddo, tra nebbia fittissima, traffico assurdo e strade sbagliate riesco a raggiungere, nell'ormai tardo pomeriggio, l'abitazione della famiglia di Sara.
Mi stavano aspettando, tutti quanti, Sara compresa, che mi viene incontro nell'ampio cortile semibuio e, con raggiante sorriso, mi mostra una tenera bestiola che amorevolmente tiene tra le braccia.
 -Ciao naturopata, ti piace? Si chiama Drago!
-Ma è bellissimo, dove l'hai trovato?
-Su dai, non fare tante storie, lo so che anche tu ti eri messo d'accordo con la mamma.
-È il più bel regalo di compleanno che ho ricevuto sai?
-Ne sono proprio contento, e tu come stai?

-Ma dai naturopata, anche oggi vuoi lavorare? Sei venuto per il mio compleanno vero?
-Certo!
-E allora entra, dai, stavamo aspettando te per tagliare la torta!
La casa grande e spaziosa mi accoglie con un tepore più che gradito e gli stessi familiari di Sara mi si fanno incontro con un calore ed un affetto che noi, cittadini ormai divenuti frettolosi e diffidenti, stentiamo anche solo ad immaginare.
Il padre di Sara, un uomo smilzo, timido, dai lineamenti contratti e trattenuti, con pochi capelli e l'atteggiamento pauroso, mi si avvicina e, dopo essersi timorosamente presentato, mi invita con cortesia quasi esagerata a sedere al suo fianco.
Sara, al tempo stesso, seguita a saltellare gioiosa con il suo cane per la stanza intera fino a che, dopo il classico taglio della torta con relative otto candeline rosa, mi si avvicina e mi sussurra all'orecchio -Mi accompagni tu lunedì a scuola vero?
Rimango un attimo sbalordito per la sorpresa che la richiesta, spontanea ma improvvisa, mi ha stimolato e non riesco a rispondere immediatamente.
Fingo di non aver ben sentito e nel frattempo penso a tutto ciò che può essere utile o meno al percorso della bimba verso l'uscita da quella sua particolare situazione.
Sara, che capisce, o quantomeno intuisce, il mio imbarazzo, ritorna all'attacco stavolta a voce alta -È vero naturopata che lunedì mattina mi accompagni a scuola?
Tutta la famiglia rimane sorpresa, almeno quanto me, dalla richiesta della bimba e cala all'improvviso un silenzio di plateale imbarazzo.
Adesso tocca a me.
In uno spazio infinitesimale penso sia il caso di decidere con il cuore e non con la ragione, e il cuore mi dice che Sara desidera fortemente ciò che ha chiesto.
Il cuore mi solletica nella risposta pronta e decisa.
-Certo Sara, lunedì ti accompagnerò a scuola con la mamma e con Drago!
-Ma lui non può stare a scuola con me!
-Certo che no, ma la strada con noi può benissimo farla, non credi?

Sara annuisce, è soddisfatta, felice, radiosa.
Salta per la stanza urlando ed incitando il cucciolo a saltarle addosso; insieme si rotolano sul pavimento e la bestiola sembra aver capito che, anche e soprattutto per merito suo, questa felicità bambina è di nuovo potuta rivivere sulle labbra, sul volto, sull'intero corpo di questa piccola persona bionda dall'aria, ora sì e finalmente, serena, felice e tranquillamente festosa.
-Buon compleanno Sara, ci vediamo lunedì
mi si avvicina per salutarmi cercandomi la guancia per un bacio e avvicinandosi all'orecchio mi mormora -Sei proprio un bravo naturopata sai?
Mi tengo il gradito complimento per tutto il viaggio di ritorno durante il quale penso agli appuntamenti da spostare per onorare la mia promessa, ma soprattutto rifletto sull'opportunità di aver accettato una situazione quanto meno originale.
Mi consulto telefonicamente con un amico psicologo che, come mi aspettavo, appare molto renitente riguardo alla mia scelta e mi chiede, forse più di una volta, il motivo per il quale abbia acconsentito a una richiesta così esplicita ma anche così particolarmente originale.
Ci penso un attimo prima di rispondere, poi non posso far altro che dire
-Vedi Roberto, la risposta mi è venuta immediata, quasi spontanea, è scaturita dal cuore, mi si è illuminato il verde del quarto chakra, proprio quello del cuore....
Lo sento bisbigliare qualcosa nel telefono
-Cuore verde, quarto che?
-Quarto chakra, quello del cuore!
Dimenticavo che lui, oltre a non conoscere la materia è anche molto scettico verso tutto quello che riguarda l'energetico in generale.
Ma Roberto, oltre e prima di essere uno psicologo è anche un amico quindi, con un tono di voce tra il suadente e il comprensivo mi saluta.
-Va bene, va bene, verde o non verde, chakra o non chakra, ormai va bene così, ma lunedì mattina voglio esserci anch'io!
Grazie Roberto, era proprio quello che desideravo ma non osavo chiedere.

Mi sento più rinfrancato e termino il viaggio canticchiando nel buio nebbioso della campagna padana fino a quando scorgo le allucinanti luci che mi antepongono alla città.
Che mondi differenti in così pochi chilometri.
Che genti differenti in così poco spazio.

Alle 7e30 del lunedì successivo mi trovo già nei pressi dell'abitazione di Sara dove, di lì a poco mi raggiunge Roberto che mi indica gli atteggiamenti, le giuste parole ed i comportamenti corretti da tenere durante questo anomalo intervento.
Attendo Sara e la madre che si avvicinano dopo circa dieci minuti con passo spedito e grande sorriso.
-E Drago dove è finito?
Allarga il sorriso Sara e mi risponde:
-L'ho ben salutato e messo a cuccia perché la scuola non è roba per cani!
Annuisco e salgo in auto con loro lasciando Roberto solo a seguirci a distanza più che debita.
Ed eccoci davanti all'edificio scolastico.
Sara si fa forza, si stringe nelle spalle, smorza per un attimo il sorriso lucente che ci ha accompagnati nel breve tragitto e mi stringe la mano.
Io alla sua sinistra, la mano della madre alla sua destra e i nostri passi lenti e cadenzati che ci fanno approssimare alla soglia della scuola.
La maestra, avvisata per tempo, ci attende sulla rampa di accesso e saluta Sara con enfasi non contraccambiata.
Uno sguardo di intesa, un ultimo strattone di mano ed ecco che la minuta barchetta lascia l'ormeggio, saluta con un gesto della mano gli accompagnatori e finalmente si stacca dal porto per approdare verso lidi, vicini o lontani non è dato sapere, ma senz'altro e unicamente suoi.
Ancora un'incertezza, Sara si svincola dalla maestra, si volta e correndo mi raggiunge.
Di colpo penso di avere fallito, in una frazione di tempo tutte le scelte mi riaffiorano alla mente e mi sento veramente male: arrossisco,

sudo, mi contraggo fino a che Sara, con voce suadente mi bisbiglia -
Sai perché ho voluto chiamare Drago il mio cane?
rispondo con la stupida sicurezza del sapere
-Per via del drago della giostra?
-Ma va, naturopata! Perché Drago è l'anagramma di Gardo!
Riprende a correre, raggiunge la maestra e con lei sparisce nei meandri della scuola elementare del piccolo paese.

Un pizzico di… *GELSOMINO*

Il profumo dei fiori non va controvento, non quello di sandalo, tagano o gelsomino; il profumo dei buoni va controvento, in tutti i sensi lo effonde il virtuoso. (Gautama Buddha)

Yasmine è un nome di derivazione araba, infatti in quasi tutta la letteratura araba troviamo citato il fiore e osannato l'aroma del gelsomino.
Dalle quartine poetiche di Khayyam (1048-1131), passando per Ferdowsi (il maggior poeta persiano dell'anno 1000) per arrivare alle Mille e una notte, l'effluvio dolce e penetrante del gelsomino avvolge le storie, i racconti e le atmosfere di ogni ambientazione.
Nella cultura araba la specie maggiormente utilizzata (oltre all'officinalis e al grandiflorum) è senza dubbio la sambac che in lingua italiana è definita come "Granduca di Toscana" perché era il fiore più amato da Cosimo I° dei Medici.
Oltre che nei paesi arabi, il gelsomino è apprezzato e utilizzato in tutto l'oriente, specialmente in India e in Cina (chiamato mo-li) ed è considerata essenza "divina" in quanto, nell'antichità, era offerto in dono durante le cerimonie religiose e votive.
L'azione del gelsomino è rivolta principalmente verso il sistema neurovegetativo conferendo rilassamento, sia a livello muscolare sia emotivo (utilizzandolo ad esempio nell'acqua del bagno).
L'essenza si ricava con la metodologia "enfleurage", un metodo riservato alle piante e ai fiori più preziosi e delicati (rosa, viola, arancio, ecc.) in quanto molto lungo nei tempi e meticoloso nella lavorazione.
E' assoluto, concentrato, purissimo: da utilizzare con parsimonia e in piccole quantità.
Un vero e proprio dolce tesoro da centellinare per poterselo assaporare e godere goccia per goccia.

Un pizzico di... *PSICOLOGIA*

Il mondo visto con gli occhi di un bambino assume una prospettiva del tutto particolare, appare più grande, immenso, straordinario, nuovo ma anche sicuramente più semplice, immediato, spontaneo.
Di conseguenza anche le loro reazioni e i loro comportamenti spesso si rivelano più naturali di quanto la mente di un adulto sia abituata a comprendere.
Sono i nostri occhi che credono di vedere cose che in realtà non accadono, che interpretano fatti che in realtà non hanno bisogno di essere interpretati, che trovano connessioni e collegamenti artificiali là dove in realtà non ve ne sono.
Così capita che la famiglia di Sara la creda seriamente impaurita, terrorizzata e addirittura immobilizzata a causa di una giostra e di un drago verde. Invece Sara non ha mai avuto paura di quel mostro.
Sara vive un altro tipo di emozione.
Sara difende il proprio disappunto, la propria tristezza, il proprio dolore nel modo che ritiene più giusto e opportuno: con il silenzio, con la chiusura.
Reagisce al suo primo lutto attraverso gli occhi di una bambina che avverte di non essere compresa, per la sua perdita e nei suoi sentimenti.
Allora non si tratta di paura, non si tratta di fobia ne tantomeno di capriccio, si tratta di trovare la giusta comprensione all'interno del nucleo familiare. Comprendere e accettare il dolore dell'altro, imparare che non tutti reagiamo nella stessa maniera ad uno stesso evento, insegnare che le emozioni possono essere espresse in una varietà infinita di sfumature.
Di fronte a questo, la soluzione per la famiglia di Sara diventa immediata, semplice e naturale, senza bisogno di farmaci o di lunghe terapie, così come semplice e spontanea era stata la reazione della bambina verso gli eventi vissuti.

*Coloro che pensano che la poesia sia disperazione
non sanno che la poesia è una donna superba
dalla chioma rossa.
Ho ammazzato tutti i miei amanti
perché volevano vedermi piangere
e io ero soltanto felice.*
(Alda Merini)

Vorrei essere carbonico!
(i sogni di Paolo)

Un fascio di giornali sottobraccio che posa diligentemente sull'angolo destro del tavolo, una figura ricercatamente trasandata per apparire non banale e soprattutto intelligentemente intellettuale.
Un approccio e un saluto invece timidi, quasi paurosi, arrossati dal volto sudato e dalle mani tremanti.
L'orologio in metallo di grande dimensione che mostra al polso è indice di gran conflitto tra la sua faccia pulita da bambino e l'ostentazione vivace di un ragazzo che cerca ostinatamente di sembrare uomo più per volontà altrui che per propria necessità.
Si siede e, meticolosamente, sfogliando carte di appunti e scritti di ogni genere, racconta la sua storia lunga di sofferenze, di rinunce, di complessi e di folgoranti picchi di emozioni, di grandi sensazioni, di immense voglie di cambiamento, ma anche di grandi e assoluti sensi del dovere, delle tradizioni da onorare, dei sogni che sogni sono rimasti nonostante i voli e le acrobazie intellettive che vive costantemente.
Continua imperterrito il suo racconto: si susseguono date, mesi, anni; vengono citati nomi di farmaci, medici, terapeuti di ogni sorta, illustrati percorsi di ogni tipo, fino a che, ormai giunto alla fine del lungo racconto, quasi stremato dalla sua stessa storia, mi bisbiglia con voce incerta
-Sa? Io vorrei essere carbonico!
Rimango stupito, per un attimo quasi paralizzato, non tanto senza parole ma...senza respiro.
Paolo se ne accorge e, come per rimediare a un presunto danno provocato si affretta a giustificarsi

-Si, si, carbonico! Mi intende vero?
Accenno un intimidito si col capo e gli permetto di continuare
-Vede, io sono molto informato su questi argomenti, leggo molto su queste discipline e, credo che un carbonico non arriverebbe mai a soffrire quanto soffro io...intendiamoci, non voglio dire che un carbonico non possa essere una persona sensibile, ma quantomeno più forte e con migliori possibilità di recupero. Non è vero?
-Certo...
Annuisco cercando invano di procedere ma Paolo, ancora una volta, mi previene e continua il suo monologo
-Lo so cosa vorrebbe dirmi: la costituzione carbonica racchiude altre predisposizioni e certamente non tutte e non del tutto positive...
(è bene informato Paolo, infatti in naturopatia il termine carbonico definisce una struttura fisica molto compatta, robusta, pletorica: dei macigni. Buoni mangiatori con energie imponenti e ritmi elevati da veri e propri carri armati. Certo ci sono anche delle predisposizioni di tipo cardiovascolare, di tendenza al rallentamento circolatorio e di sovraccarico epatico, ma sembra che ciò non riguardi il suo discorso. E si, perché forse Paolo vede nella struttura carbonica unicamente la forza maschile che non ha mai posseduto o che gli è sempre stato imputato di non possedere.)
-Non del tutto positive ma...
Si ferma un momento, respira o, forse, sospira e subito perentoriamente aggiunge
-Che bello sarebbe essere così forti!
Incrociamo gli occhi, gli sguardi diventano indagatori di emozioni provocate e si spera ricevute, il silenzio di un istante appare buio, cupo, interminabile nell'apparente ricerca di parole appropriate.
Ora tocca a me, penso.
Ma non ne ho voglia.
Questo lungo racconto tutto d'un fiato non mi ha fatto capire granché.
Mi concentro solo sulle sensazioni che sto provando.
Si, ecco, perché sensazioni mi ha dato, non indizi o impostazioni, ma solo sensazioni.
Provo a concentrarmi su di esse e mi esce spontanea la domanda

-Certo, capisco ma: di quale malessere stiamo parlando?
Mi scruta, quasi incredulo e con vigore rabbioso mi urla
-Ma come, di questa cappa che mi avvolge la testa no!
Mi scuoto, sollevo lo sguardo, fisso i suoi occhi chiari, mi concentro sulle sue pupille e...
Aiuto!
Sento un vortice!
Una forza prorompente che attira, che mi attira lo sguardo, che mi prende le idee, che aggancia la mia testa e arranca nel labirinto dei sui colorati pensieri...
La vedo girare, cerco di resistere ma è tremendo: un tremendo gigantesco mulinello che racchiude una forza esagerata, quasi un sibilo di vento, quasi un succhiare energetico, un profondo, scuro, enorme serpente avvolto su se stesso!
Un richiamo assoluto, imprevisto pressoché irresistibile.
Un fluido rosso avvolge l'intera stanza, resisto, tossisco e mi aggrappo ai braccioli della sedia. Una nausea infuocata mi stringe la gola, il rosso diventa verde, di un verde intenso, ancora più fluido, ancora più forte, ancora più alto, ancora più... ancora... ancora... ancora... ancora!!
Mi lascio andare ad una spirale azzurra che mi vuole accompagnare e, trattenendo una vertigine di nausea soffocante entro in questi colori pastosi seguendo i tracciati del vortice assurdo dei suoi occhi e, come in un burrascoso salto all'indietro mi trovo dentro di lui, filtrato nella sua testa, probabilmente concentrato nella sua anima.
È il filtro del mondo, il filtro dei rapporti che governano il mondo, il filtro dei sentimenti e delle emozioni fatte sentimento.
Sento Paolo respirare, un respiro profondo, cadenzato, non armonico, affrettato: è il mio respiro.
Sento i visceri di Paolo pulsare, vivere, lavorare, sudare emozioni.
Sento che ci sono ma sento che anche lui c'è!
E allora?
E allora, adesso Paolo si racconta e mi racconta.

Sarà la mia fiaba.
La favola che mi racconterò per il resto della vita.
Comunque vada a finire, questa esperienza e questo periodo, saranno ricordati per la loro, e nella loro, immensa importanza.
Senza sacralità, senza stupidi rimorsi, senza facili o false nostalgie, così, per quello che è, per quello che sta rappresentando: un bagno con tuffo nel brodo di se stessi.
Dopo anni di vissuto, dopo altalene e voli di pensieri, dopo intricati e lucidi, se pur spietati, ragionamenti, ancora una linea; una riga da tirare per puntualizzare, focalizzare, ripartire cercando di capire.
Sono triste come non mai, senza grossi stimoli, con poca o nessuna voglia addosso, anche un po' acciaccato: praticamente esaurito.
Esausto al punto tale da desiderare sempre l'immagine del mio corpo sdraiato a riposare, sentendomi addosso il male.
Non ho voglia di avere voglie.
Non ho voglia di incontrare, di parlare, di ridere o di fare l'amore: non ho voglia di lasciarmi andare.
L'entusiasmo scema accompagnato dal fisico malessere, sintomo di un corpo ferito e violentato; il quadro si chiude lasciando al di fuori pensieri e persone che pensavo potessero condizionare in qualche misura e prepotentemente il mio percorso.
Ma ogni viaggiatore incontra qualcuno, necessariamente, durante il suo tragitto, e non per questo si fa condizionare od ostacolare nel cammino prefissato.
Certo, potrebbe ritardare la corsa ma, credo, non possa esistere cosa non degna di essere vissuta, soprattutto durante un'esperienza come quella in corso.
Allora, se l'istinto o la condizione attuale spingono verso una vita in compagnia, se invece stanchezze o malinconie ragionate protendono verso una vita solitaria, se ancora la voglia di nuove ricerche ed allegre novità può spingere verso realtà o persone nuove; non occorre l'immediatezza di una scelta ragionata e istantanea.
Non serve il ragionamento razionalizzato ad ogni costo, sino a farsi male, costringendosi all'obbligato pensiero profondo.

È molto più logico lasciar scorrere le situazioni vivendole, senza subirle, fino in fondo e cercando di assaporarne i dettagli mettendo a frutto gli insegnamenti senz'altro scoperti.
Può essere faticoso, duro e triste, come in questo momento, ma se la forza di resistere può assisterci allora credo si arrivi a comprendere l'essenza della vita: dal dolore delle scelte conflittuali alla gioiosità della naturalezza logica e morbida della propria esistenza.
A gambe all'aria il tavolino delle tattiche, dei ragionamenti, dei calcoli e dei pentimenti!
Spazio alle emozioni e alla vita, certo anche ragionata, ma con nell'animo e nel cuore solo i sentimenti!
Ho una nausea dirompente che mi abita dentro e mi accompagna ormai da un pezzo.
Ho voglia di vomitare al di fuori tutto me stesso.
Vomiterei per poi entrarci dentro, coi piedi calpestarne il colore sentendo il puzzo, l'insopportabile odore.
Un vomito da scalciare, non da ripulire ma da lasciar solo ad asciugare: ad evaporare per sciogliersi nell'aria, per farsi respirare e vedere sino a quando sarà in grado di darmi nausea e di farmi ancora vomitare.
Sino a quando io sarò ancora in grado di darmi nausea e di farmi vomitare.
Mi si avviluppa lo stomaco, da giorni ormai, ho un sapore amaro, putrido e terribile nella bocca che il fumo può apparire un sollievo.
La testa è stanca e vorrebbe solo pensare agli occhi gonfi, alla pelle arrossata, al pallore del viso sofferente, alle gambe spente.
Le membra sono sfinite e, stanco, vorrei dire basta: sono stanco, terribilmente affranto, un po' angosciato, nemmeno più bello e stordito dai pensieri sino a lasciarmi andare.
Forse è ora, è ora di dirmi basta, di smettere, di andare o di pensare.
È ora ancora di star male per capire?
E allora il mare?
Ho un sasso dentro di me che non so ancora vomitare.
La testa è pesante, si schiaccia e si sconquassa: il peso pressante al di sopra è pesantissimo e quasi non si sopporta.
Sento che puzzo, anche.

Ho tanti pensieri, brutti, che però ascolto e intendo senza angoscia.
Non sono più i conflitti di coppia, di matrimonio, di figli, di donne, di situazioni; non sono più le angosce di solitudine, le nostalgie, le depressioni, gli adattamenti, le malinconie, le tristezze o le meraviglie dello star soli.
È solo la pesante e puzzolente mole della mia immondizia che si fa finalmente riconoscere.
L'aspettavo.
È per questo che non ho paura di questo male.
È per questo che voglio riposarmi e farmi trasportare.
Mi voglio confrontare.
Non con donne, mogli, figli, situazioni, persone o case diverse; ma solo con l'interiore e con le mie interiora che non mi lasciano stare: signora testa, signor petto, signori stomaco, fegato e cuore, un attimo e sono pronto, vi voglio sentir parlare, ditemi tutto ciò di cui avete bisogno, fatemi conoscere li dentro come si può stare!
Ho un po' di silenzio, se si può raccontare, racchiuso di dentro, e lo voglio lasciar passare: per la prima volta mi sdraio umile, pacato, vulnerabile e disteso, per ascoltare la voce acuta e profonda del mio silenzio interiore.
È notte, non dormo, ma non conto le ore: ogni minuto è un attimo di gioia, è un tocco di dolore, che vanno aspettati e vissuti insieme, senz'altro insieme, al nostro mondo interiore.
Conflitti enormi, mastodontici, giganteschi, maiali, che mi stringono il petto, che mi sciolgono la gola, che mi strizzano la testa.
Conflitti chiari, che mi illudono prima e mi picchiano poi.
I miei occhi volevano vedere; vedere le cose, le case, il mondo forse, non e mai, dentro di me.
Allora eccomi, accantonato in un angolo di città a cercare di sapere e conoscere cos'è la vita.
Forse è un bimbo, forse una casa, forse un rifugio, una soluzione, forse è un gioco, una corsa, una strada o un luogo e, son solo qui a ricordarli?
Non ho più voglia di suonare, di cantare, di scrivere, nemmeno di parlare, di essere, di bere, di mangiare, di stimoli, di cercare, di abbandonarmi, di tacere, di sputare e respirare.

*Ho un pugile di dentro che picchia i suoi colpi sino a farmi del male.
Giro la faccia dai colori, li allontano per fastidio senza lasciarli, ora più, dondolare.
Cosa ne faccio dei sogni se non ho voglia di parlare?*

...I sogni di Paolo...

Sogno del fruttivendolo

Accompagno mia moglie Cinzia e mia figlia Gaia ad un passeggio lungo una tortuosa strada di campagna.
Cinzia porta con sé una borsa contenente alcuni pacchetti regalo.
Troviamo una specie di chiosco ai bordi di un fossato dove vendono delle verdure e decidiamo di fermarci per acquistarne qualcuna.
Mentre Cinzia parla e ordina le verdure all'uomo del chiosco, io intrattengo la bimba pur rimanendo nelle vicinanze.
Ad un tratto il figlio del fruttivendolo, un ragazzino di circa 8 anni, si avvicina e sottrae dalla borsa di Cinzia uno dei pacchetti regalo fuggendo via.
Me ne accorgo all'istante, lo inseguo raggiungendolo e, appena lo agguanto, lui getta il pacchetto nel fossato che costeggia la stradina di campagna.
Mi adiro, strepito e impongo al ragazzino di raccogliere il pacchetto.
Non lo vuole fare.
Afferro il ragazzo per le spalle e gli grido di raccogliere il pacchetto rubato altrimenti l'avrei gettato nel fango prodotto dalla poca acqua presente nel fosso.
Divento minaccioso e lo afferro per le gambe calandolo oltre la riva e permettendogli di raggiungere il pacchetto minacciando che, se non l'avesse raccolto, avrei lasciato la presa facendolo cadere nel fango.
Lo raccoglie e, consegnandomelo, termina l'incidente e ci si ritrova nuovamente di fronte al fruttivendolo dovendo pagare la verdura comprata.
Mentre sta per pagare, Cinzia avverte che qualcosa le è caduto, dall'alto, nella scollatura dell'abito.
Era un escremento di piccione terminato sul suo seno destro.
Cinzia si schifa, saltella indietro come morsa da un insetto e si scosta leggermente il vestito per verificare dove si fosse sporcata.
Così facendo si intravede maggiormente il seno e il fruttivendolo appare ammirato dall'imprevista visione.

La tranquillizzo dicendole che appena possibile l'avremmo lavato e che poi, comunque, mi sarei chinato baciandolo dolcemente.
Ce ne andiamo, complici e soddisfatti.

...ma allora Paolo,
la crisi del matrimonio?...

Sogno della ruota di bicicletta

Mi trovo con moglie e figlia a seguire la presentazione dei giochi olimpici in una specie di piccolo stadio dove gli atleti si esibiscono prima ancora di entrare in scena.
È quasi sera e, calando il buio, la rappresentazione termina con un breve spettacolo pirotecnico.
Ce ne andiamo percorrendo un sentiero di montagna che dovrebbe condurci alla nostra abitazione.
Essendo buio facciamo molta fatica a seguire il tracciato fino a quando Gaia accende una torcia elettrica che illumina la strada facilitandoci il percorso. Le persone che ci sono dietro si complimentano per l'idea e Cinzia dice che, essendo una strada che lei e Gaia percorrono solitamente nelle ore serali, si sono necessariamente dovute attrezzare.
Capisco di non essere più con loro, di essermene andato...
Arriviamo vicino ad uno scantinato dove Cinzia tiene tra le mani la ruota posteriore della bicicletta di Gaia apprestandosi a rimontarla.
Mi propongo di aiutarla cercando la chiave adatta per stringere il bullone che fissa la ruota al telaio della bici ma, pur provando varie chiavi, nessuna sembra essere adatta: alcune troppo piccole, altre troppo grosse. Una sola sembra essere di adeguata misura anche se entra a fatica. Riesco comunque a stringere il bullone e a sistemare la ruota chiedendo spiegazione del fatto che ogni volta la stessa sia smontata e rimontata. Cinzia sostiene che ciò viene fatto per evitare il furto della bicicletta e che ogni giorno estrae e rimonta la ruota senza grossi problemi. Consiglio che è meglio tenerla montata in quanto, per ragioni di sicurezza, il bullone della ruota deve rimanere ben chiuso e saldo, perché il suo continuo smontaggio potrebbe portare a un allentamento dello stesso rappresentando un pericolo per nostra figlia.
Sono guardato con sufficienza e commiserazione.

...e si, caro Paolo, riescono tranquillamente
a fare a meno di te!.

Sogno del barcone sul lago

Sulla riva di un lago, in attesa di poterci imbarcare, ci troviamo io, Cinzia e Gaia.
Arriva l'imbarcazione sulla quale salire per raggiungere il luogo dove abbiamo parcheggiato l'auto sull'altra sponda del lago ma, proprio in quel momento, Gaia si immerge nell'acqua nuotando beatamente e ritardando così la salita sul barcone.
Cinzia, che era già salita e seduta al mio fianco, scende ed entra in acqua per recuperare e far salire la bimba sulla barca che si allontana leggermente dalla riva approssimandosi il momento della partenza.
Allungo le braccia per aiutarle a salire ma mi accorgo di non poterci arrivare.
Penso allora che ciò non rappresenti un dramma: giungerò da solo sull'altra sponda del lago e poi verrò raggiunto da loro con la barca successiva anche perché, continuo a pensare, non posso certo rischiare di cadere anch'io nell'acqua non certo pulita del lago.
L'imbarcazione si mette in moto e, ad un certo punto, mi ritrovo al timone di questa grossa barca che viaggia, non più sull'acqua, ma all'interno di un folto bosco.
Vi sono sentieri strettissimi, discese incredibili, curve paraboliche che percorro a velocità elevatissima.
Il percorso è lungo e tortuoso, la velocità altissima sino a provare senso di brivido che, stranamente, non m'infastidisce, anzi, pare proprio che provi piacere ad affrontare questi sentieri campestri.

...le hai lasciate?...

Sogno dell'ascensore

Mi trovo nell'abitazione della mia ex moglie Cinzia e di mia figlia Gaia.
Sono completamente nudo quando Cinzia mi dice che nella cassetta postale dovrebbe esserci qualcosa d'importante per noi.
Mi offro di scendere a verificare ed eventualmente ritirare la corrispondenza ed esco dalla porta incurante della mia nudità.
Salgo in ascensore, premo il pulsante del piano terra ed inizio la corsa accorgendomi solo in quel momento di essere completamente nudo.
Decido, con estrema serenità, che non sia il caso di scendere in quella condizione, non tanto per mio imbarazzo (che proprio non avverto) quanto per il rispetto che nutro verso eventuali persone che potrei incontrare durante il tragitto.
Fermo allora l'ascensore con il tasto dell'alt e pigio il pulsante per risalire ma, anziché premere il tasto del nono piano, mi rendo conto di aver premuto il numero 15.
Non mi scompongo decidendo di far terminare la corsa dell'ascensore al quindicesimo piano per poi ritornare appunto al nono.
Quando premo il tasto mi rendo conto di essere in grado, dall'alto dell'ascensore, di vedere le persone che lo stanno attendendo ai piani inferiori.
Giungo al nono piano, scendo con molta calma e sento la voce di un conoscente che urla il mio nome invitandomi a liberare l'ascensore per permettere alle persone che lo stanno attendendo di poterlo utilizzare.
Lo richiudo e rientro in casa dicendo a Cinzia che forse non era il caso che scendessi completamente nudo e, dopo essermi infilato un paio di calzoncini, ritorno all'esterno per ritirare la corrispondenza.

...e la casa?...

Sogno del fiume

Lungo la riva di un fiume ci soffermiamo dopo il passeggio e, nonostante l'acqua sia tutt'altro che pulita, vediamo molte persone che si stanno bagnando.
Cinzia si scosta dalla riva appoggiandosi al muricciolo che funge da argine mentre Gaia si avvicina all'acqua non ascoltando il mio consiglio di non immergersi in quella che definivo come una pozza inquinata.
I miei occhi ritrovano la bimba seduta su un grosso masso a picco sul fiume e, scivolando lentamente su di esso, si cala pian piano nelle torbide acque sottostanti scomparendo alla nostra vista.
Incrocio lo sguardo di Cinzia e, senza frenesia o affanno, m'immergo tendendo la mano e riuscendo a tirare Gaia verso la riva.
Dopo un poco rieccola di nuovo immersa nell'acqua.
Stavolta però, anziché tendere la mano, riesco, col piede destro, a farla aggrappare e a trarla in asciutto nuovamente.
Durante tutta questa scena Cinzia sembra non coinvolta, rimanendo indifferente, appoggiata al muro che costeggia il letto del fiume.

...bravo Paolo, sei meglio di Cinzia?...

Sogno dell'incendio

Mi trovo in una camera d'albergo e dormo in un grande letto insieme a mia figlia.
Sono le sei del mattino e dalla finestra scorgo la sagoma del Direttore dell'azienda per la quale lavoro che attende l'arrivo dei dipendenti per intraprendere un viaggio chissà per dove.
Nessuno però lo raggiunge.
Mi sporgo, girandomi, verso sinistra e, riflesso nello specchio, intravedo un braccio sporgente e senza vita che sembra uscire dalla parete di fronte.
Penso si tratti del mio o di quello di Gaia lasciato dondolare lungo il bordo del letto.
Mi alzo e raggiungo la stanza da bagno dove vedo un braccio senza vita penzolare dalla vasca.
Richiudo velocemente la porta per evitare alla bimba un'orrida visione e corro nella grande hall dell'albergo dove cerco di attirare l'attenzione del Direttore che trovo intento a parlare con alcune persone.
Riesco ad avvicinarlo e a spiegare che nel bagno della mia camera vi era il cadavere di un uomo riverso nella vasca da bagno.
Chiedo di seguirmi e, insieme, raggiungiamo la camera ma, aprendo la porta del bagno, vedo con sorpresa che il corpo è sparito.
Grido al complotto e, di fronte all'incredulità del Direttore compare Cinzia sostenendo di possedere un video con la registrazione dell'immagine del corpo senza vita.
Per visionare il contenuto del video occorre attendere poiché molte altre persone hanno video da vedere e l'apparecchio riproduttore è solamente uno.
Aspettiamo pazientemente mettendoci in coda ma, quando giunge il nostro turno succede il putiferio: gente che corre, che fugge urlando, altri che cospargono il suolo di benzina dandole fuoco e devastando l'intero albergo.
Immaginiamo facciano tutto ciò per evitare di vedere la nostra registrazione e scoprire il mistero del cadavere trovato nel bagno, ma ormai non possiamo farci nulla.

Tra fiamme altissime e panico generale iniziamo a correre verso l'uscita cercando di metterci in salvo.
Nella corsa mi accorgo di non vedere più Cinzia vicino a me.
Torno indietro, camminando sul pavimento infuocato, cercandola e gridando il suo nome.
Grido, urlo, cerco, ma non la trovo.
Vengo trascinato all'esterno dell'albergo augurandomi che anche Cinzia si possa essere salvata.
È la sola preoccupazione che avverto nel mezzo di questo colossale incendio.

...ma allora Paolo, Cinzia c'è ancora?...

Sogno dell'albergo

Risvegliandomi in una camera d'albergo mi accorgo che è molto tardi e rischio di non arrivare per tempo a un appuntamento.
Mi alzo imprecando contro gli orologi che mal funzionano e, frettolosamente, cerco di vestirmi e di racimolare i miei abiti per deporli in valigia.
Scopro, con sorpresa, numerosi vestiti che non mi appartengono e che sono, oltre che nell'armadio, anche sparsi per la stanza.
Sono abiti femminili, della stessa taglia che indossa Cinzia.
Decido che, siccome non c'entro più nulla con lei, i vestiti possono essere tranquillamente gettati.
Inizio a raccoglierli ma una strana voce mi dice di non farlo.
Mi fermo guardandomi intorno, non vedendo nessuno.
Continuo a raccogliere i vestiti sentendo una mano che, proveniente da dietro, tenta con forza di frenare le mie azioni.
Afferro con decisione il braccio che adesso cerca di cingermi la vita e, con movimento brusco e diretto, catapulto la persona a terra con una mossa ben assestata di judo.
Guardo il corpo che ho atterrato: sono io.
Apro la grossa finestra della camera d'albergo, mi sporgo leggermente e respiro la leggera brezza di questa giornata di fine estate.
Sollevo il corpo da terra e lo getto di sotto continuando poi nel mio lavoro di preparazione.

...adesso Cinzia non c'è proprio più...
...e Gaia?...

Sogno della morte di Gaia

Sto passeggiando in un sentiero che attraversa un bosco di alta montagna in compagnia di mia figlia che, mentre cammina, addenta voracemente un trancio di focaccia.
Raggiungiamo una curva e ci sporgiamo leggermente per scorgere il precipizio che vediamo paurosamente alto.
Gaia si avvicina imprudentemente al bordo del sentiero e il terreno inizia a franare facendola precipitare nel burrone.
Mi sporgo al massimo per riuscire a intravederla e cercare di portarle soccorso, ma sembra sparita nel nulla.
Raggiungo di corsa il piccolo paese sottostante dove, nella piazzetta, incrocio alcuni operai che stanno riparando l'asfalto della strada.
A uno di loro, il più anziano, chiedo come sia possibile raggiungere il fondo della scarpata poiché mia figlia era precipitata e, probabilmente, si trovava laggiù impigliata tra i rami di qualche albero, viva e in attesa di soccorso.
L'uomo mi indica la strada augurandosi che la folta vegetazione possa aver attutito il volo della bimba.
M'incammino e lungo il tragitto incontro la nonna di Gaia che proviene dalla parte opposta tenendosi stretto un fazzoletto sul volto per cercare di contenere singhiozzi e lacrime.
Le chiedo di Gaia e la risposta è netta, dura, lancinante e acuminata come la punta di un pugnale: è morta.
Mi assale una profonda disperazione, un dolore insopportabile.
Piango a squarciagola e vivo una grande sensazione di vuoto, di cocente e prepotente dolore.
In compagnia di Cinzia, entrambi avvolti da sconforto inconsolabile, cerchiamo di immaginare e organizzare il futuro senza nostra figlia.
Propongo il suicidio per poterla raggiungere là, al di là della vita.
Ma è solo un modo per cercare consolazione dove consolazione non è possibile, e per non accettare un accadimento così drammatico.
Il giorno dopo, affranto dal dolore, cammino per strada cercando di raggiungere l'ufficio nel quale lavoro.
Sento addosso una rabbia furiosa che, sommata all'immenso dolore, diventa esplosiva al minimo contatto.

Sul marciapiedi incontro un bimbo accanto a una bicicletta da uomo nera.
Non si scosta, anzi, mi insulta e mi molesta.
Non ci penso un attimo: lo prendo per i vestiti all'altezza del collo e lo scaravento sulla strada col rabbioso istinto di calpestarlo.
Proseguo poi a testa china per il mio cammino.

...sei sicuro Paolo?...

Sogno del Duomo

In piazza del Duomo, a Milano, sono per mano a Gaia, passeggiamo tranquilli e decidiamo di salire sulle guglie.
Raggiungiamo l'entrata chiedendole se preferisse usare l'ascensore oppure salire a piedi per le scale.
Insieme ci sporgiamo per riuscire a vedere le rampe che portano in cima al Duomo: scale lunghe, strette, buie che ci sembrano molto faticose.
Uno sguardo complice ci fa decidere per l'ascensore che, anche se piuttosto affollato, non ci creerà alcun problema per la salita.
Dopo un attimo ci troviamo in alto tra le guglie a passeggiare e a guardare ammirati il panorama sottostante.
Momenti quieti, tranquilli, ristoratori.
È bello essere lassù e passeggiare insieme, senza problemi, senza tempi, senza affanni.
Stiamo bene insieme io, nuovo Paolo, e lei, la mia nuova Gaia.

...adesso si che ci sei!...

Mi manchi, dolce bimba bionda dagli occhi felici, mi manca il tuo sorriso sereno, la tua grande vitalità, la tua allegria gioiosa di bimba bionda e felice.
Mi manca lo stare con te, il poterti raccontare, mi manca tutto ciò che sai farmi imparare.
Ti vedo, lucida, nella mia mente, e corro con te, ancora, per sempre.

Il navigatore si fa trasportare dalle acque tranquille dell'immenso mare che è il mondo, e i suoi occhi diventano lucidi: per la prima volta nella sua vita prova la malinconia vera.
Non ci sono scuse, non ci sono scudi, la malinconia triste della sera lo porta alla voglia di potersi fermare e, magari, di voler ritornare.
A braccia aperte, dagli occhi sereni e dal sorriso felice.
Il navigatore guarda con amore e desiderio la figura della sirena che lo incanta.
Capisce, ha una gran voglia di piangere.
Di piangere forte.
Di piangere vero.
Ma capisce.
Ancora una volta si guarda in disparte, inghiotte i singhiozzi e riparte.
La sirena ammaliatrice non lo può fermare.
La dolce bimba bionda lo può senz'altro capire.
Alla fine del suo viaggio la ritroverà, allora non sarà più una stupenda sirena frapposta alla meta, ma una magnifica e grande realtà, che non potrà andare via, non potrà mancare e non mancherà.
Ho voglia di te, forse solo di piangere: inghiottendo saliva, la nave procede solcando lentamente il mare.
Per ora ti mando solo un saluto: ti amo dolce bimba bionda, sto andando per poter arrivare!

Il mondo vuole spegnermi, scansare la mia personalità evitando la mia espressione.
È intelligente; ha aspettato ch'io fossi fuori sintonia, ha atteso la mia musica stonata di note non accordate, di alterni momenti, di strani nuovi e incostanti sentimenti.

È bello, invece, ora, ritrovare squarci di nuovo azzurro da poter allargare, note bianche ancora da colorare: notti bianche e faticose da far scivolare tra un sogno e un conosciuto pastello da impugnare.

La mia lacrima raggiunge la stella, baciandola si unisce a lei nel cielo notturno che la rende bella: è la mia stella!
Mi cala una fune per arrampicarmi, si rende viva, brilla la sua luce e mi conduce.
Lassù dove posso vedere, distante ma vicino, un uomo triste, un uomo solo, un uomo spento, un uomo vivo, un uomo contento: mite e forte, caldo e vero, grande e piccolo nel suo distinto lamento.
Lacrime sole, sorrisi ammiccanti, briciole di viole, stelle cadenti: nello specchio d'acqua si butta la stella cercando la lacrima che l'ha nutrita.
E rimane li, stanca e stupita: l'uomo è solo, piccolo, rannicchiato, ma l'ha ugualmente colpita!
Mangio il fumo che mi circonda, sposto l'onda e guardo dentro, troverò il tesoro che manca al Re, troverò la lacrima, la stella, il colore, le note e tutto quello che adesso c'è!

Posso, voglio, devo rimanere solo.
Perché è così, solamente così che si può crescere.
È il solo mezzo per permettermi di crescere.
E coloro che non lo fanno, per paura, per pigrizia, per non voler soffrire neanche un po', evitando riflessioni sul proprio io e sul proprio esistere, allora avranno dinanzi un'esistenza mediocre, piatta e povera delle ricchezze solo confezionate e fittizie.
L'intelligenza dell'uomo racchiude in sé la forza per crescere.
Posso, voglio, devo rimanere solo!
Perché solo con la propria solitudine, con la propria angoscia, in compagnia delle proprie ansie e delle fottute paure è possibile crescere.
Solo con se stessi si cresce.
Se non lo si fa, se non lo si vuole fare, se lo si rifiuta, è solamente perché non si ha la minima intenzione di mettersi in discussione.

Ci si ritroverà mediocri, adagiati su comode poltrone ad assaporare l'inconsistenza dell'essere niente.
Non mi mancano il coraggio, la forza, la volontà e la resistenza per continuare questo cammino perseverando nella ricerca elegante della solitudine che non è altro che lo stare con se stessi.
Non mi manca l'intelligenza per spiegarmi i malesseri e gli stati d'animo cupi che comportano lo star solo.
Vi saluto e parto, con la folla che è dentro di me, con i miei pensieri, con i miei sentimenti e le mie emozioni: solamente solo, e sono io!

...I sogni di Paolo...

Sogno dell'incontro

Mi sto dirigendo, in una fredda sera invernale, verso una fermata di tram.
Scorgo Federica di spalle che sta procedendo davanti a me, nella mia stessa direzione, con passo spedito e, dopo un attimo d'indecisione, decido di chiamarla.
Si gira, mi attende, e ci salutiamo in maniera affettuosa.
Avverto però in me un disagio di fondo.
Lei è vestita in maniera vistosa e il suo volto sembra avere un'espressione di sorriso imposto, molto forzato.
Chiedo dove sia diretta e mi risponde di aver a disposizione alcune ore di tempo prima di iniziare il lavoro con turno serale e quindi stava gironzolando in un passeggio rilassante.
Le dico che sbadatamente sono uscito indossando la sola camicia e sento molto freddo, di conseguenza vorrei tornare a casa per coprirmi meglio (forse è solamente una scusa per passeggiare con lei).
Camminiamo abbracciati cercando un locale dove poter mangiare qualcosa.
Ci sporgiamo per scrutare l'interno di un ristorante ma rinunciamo a entrare in quanto non è così intimo da esserci gradito.
Decidiamo allora di andare a casa mia.
All'interno dell'abitazione, seduti uno accanto all'altra, cerchiamo di parlarci, ma la percezione è di un'atmosfera contraffatta, strana, condizionata, impaurita e diffidente.
Non riusciamo ad essere tranquilli perché ci sono numerose interferenze esterne con personaggi più disparati che si affacciano sulla soglia della stanza scostando appena la porta che scorgo solo appoggiata agli stipiti.
Sono tutti personaggi autoritari.
Non ci troviamo chiaramente a nostro agio e propongo di andarcene.

La scena svanisce dissolvendosi con Federica di fronte all'ascensore che avrebbe utilizzato per scendere e poter raggiungere il suo lavoro serale.

...Federica, l'amante...

Sogno di un nuovo incontro

Passeggiando per le vie della città, vedo, alla guida di un'auto bianca e nuova, Federica che sta tentando di parcheggiare.
Mi chino, avvicinandomi per salutarla, in verità un po' sorpreso per l'inaspettato incontro, e decidiamo di entrare in un bar che si trova di fronte a noi.
All'interno troviamo un ragazzo, impegnato con un gioco elettronico, che sembra essere il fidanzato di Federica.
Infatti veniamo presentati e lui stesso si complimenta con me per la civiltà dimostrata nel gestire il mio distacco da quella che ora era la sua ragazza.
Mi chiede dei consigli per una questione lavorativa sulla quale io garantisco un interessamento, anche se non vedo l'ora di uscire dal locale non riuscendo a sopportare il disagio di quelle presenze.
Invento di avere un impegno urgente, di essere atteso per una visita iridologica e mi accingo ad uscire dal locale con Federica che mi segue e mi ferma per ben salutarmi.
Rimango molto freddo e distaccato, incamminandomi per la dritta strada che mi permetterà di raggiungere la mia abitazione.

...Federica, l'ex amante?...

Sogno dell'assassinio

Mi trovo con Federica nella mia abitazione.
Parliamo, seduti sul comodo divano e, finalmente, escono frasi accusatorie per alcuni comportamenti da lei tenuti negli ultimi tempi.
Ha un'aria molto strana, tutt'altro che lucida, appare stordita, Federica, quasi stregata: capisce le mie parole ma non le intende poiché sembra trasportata da una forza misteriosa e malvagia che la incupisce facendole assumere espressioni di crudeltà e cattiveria fino ad allora a me sconosciute. Anche quando ci ritroviamo in piedi ai bordi del letto i miei discorsi continuano, ma continua anche la sensazione di aver di fronte una persona non lucida e manipolata da forze oscure. Il suo viso è assente, gonfio ed estraneo.
Volano accuse, insulti, parole grosse che portano la discussione a sfociare in una nervosa, prevedibile lite. Usciamo, iratissimi, sul pianerottolo e ci troviamo di fronte una donna che mi porge un coltello gigantesco (lungo più di un metro): l'istinto è di impugnare l'arma e di uccidere Federica ma preferisco lasciarlo nelle mani della donna indirizzandola verso il bersaglio. Federica è colpita in pieno petto, nella zona del cuore, per due o tre volte, il suo sangue inizia a schizzare zampillando in ogni direzione allagando l'intero pianerottolo.
All'ingresso del palazzo, in portineria, giunge un commissario di polizia, accompagnato da un assistente, che chiede di poter visitare l'edificio poiché ha il sentore che possa essere accaduto qualcosa di grave.
Un ragazzo li accompagna attraverso dei cunicoli sotterranei inventando scuse per far perdere loro del tempo e permettere così l'occultamento del cadavere di Federica. Ci riesce, infatti dopo un poco i poliziotti ispezionano l'edificio senza trovar traccia alcuna e noi, omicidi, ci sentiamo tranquilli.

...Federica non c'è più.

Non sono in ansia, non provo angoscia, tristezza o malinconia, sono solo preso e pressato in un vortice stretto, lungo e buio che gira vertiginosamente sbattendomi sul fondo.

È a forma di cono, mi trasporta all'interno facendomi girare.
Capisco così il senso di nausea.
È un mal di viaggio.
Ma voglio arrivare.
Non era possibile sapere quando e come; nemmeno il perché o la destinazione di questo viaggio.
Ora che sento di esserci non mi spaventa.
Non mi può spaventare l'ignoto, anche perché non lo posso ancora conoscere e quindi come si può aver timore verso ciò che non si conosce?
Si scioglieranno, probabilmente svanendo, le ansie, le angosce, le malinconie e le tristezze, proprio perché il viaggio è già cominciato.
La nausea no, perché il viaggio è in corso e il mal di moto mi ha da sempre infastidito.
Non posso e non voglio dire basta, sarebbe assurdo farlo proprio ora.
Aspetto e mi lascerò ancora trasportare.
Chissà come sarà il sonno di questa notte, chissà se ci sarà e quali sogni saprà regalare.
Chissà come sarà il risveglio domattina, senz'altro ci sarà, perché io voglio andare.
Chissà il mio mondo, con quello altrui, come farà a parlare.
Chissà che ne sarà.
Senz'altro sarà.
Il futuro è nelle mie mani, voglio adesso ascoltarmi per ascoltare il futuro.
Voglio esserci per essere.
Voglio così, candidamente, semplicemente, umilmente, far parte di me. Sono le prime volte del mio voglio!

Nemmeno un istante.
È la notte peggiore vissuta finora.
Non c'è disperazione, non vi sono conflitti o ansie, non vi è paura.

Solo una grande consapevolezza del mio essere: qui, adesso, ora.
Nulla è mai come prima.
Differenti tristezze, diverse solitudini, rinnovate malinconie che fanno a gara per primeggiare nella rincorsa.
Se mi amo ce la farò a trovare un uomo dentro a tutto ciò?
Se raccolgo l'intimo profondo, lo sublimo con le mani, lo porto alla bocca per farlo rientrare nel mio corpo, sarà perché non voglio concedere nulla a nessuno oppure perché voglio sentire, mangiare, assaporare anche il mio interiore viscerale?
Voglio invece sapermi donare, voglio potermi donare, voglio esserci donandomi.
Conoscerò il mio concedere, conoscerò le scaramucce e le discussioni delle mie interiora, conoscerò il senso dei miei gesti ed il sapore del mio intimo; conoscerò se dentro e fuori di me esiste ed è accolto l'amore.
E, se amo e mi amo, allora senz'altro ce la farò a trovare un vero uomo dentro a tutto ciò.
È una notte bianca, birbona.
Il cuore mi si stacca, stanco e pesante, lo sento sofferente sotto i colpi delle mannaie che lo stanno colpendo.
Il sapore è amaro, di un amaro baciato e voluto sentire per far mio l'amore che questa sera non c'è.
Non è presente. Non è stato voluto.
Il piacere si è forzato nella ricerca di uno star solo che prova timidamente a convincermi.
Non ci sono immagini che possano riattaccare un cuore.
Duole la gola, lo stomaco si rizza in piedi urlando, le narici si chiudono con alternanza che pare comandata, e tutto ciò per tenermi gli occhi aperti, per non accogliere un sonno di sollievo e sofferenza che staccherebbe un istante da tutto il resto.
L'istante è penosamente sofferente e triste, il momento è delicato e malinconico: l'uomo solo.
Forza, lavoro, intelligenza, volontà, tutte cose importanti va bene ma... fino a che punto, fino a quando?
Non lo so, non lo posso sapere, forse non lo voglio nemmeno immaginare il mio futuro: nella comoda poltrona di un ritorno, tra le

braccia di un amore diverso, nella pacata intensità di una solitudine scelta?
Non lo so, non lo posso ancora sapere.
Il sapore acre ed amaro che sento al mio interno mi suggerisce tristi pensieri, ancora molto lontani dalla ricerca che ho cercato di intraprendere, se mai l'ho intrapresa.
E se, forza, volontà, coraggio, intelligenza, fossero condizioni che non mi appartengono?
Tutto è in discussione: la mia voce come i miei capelli, il mio sonno come il mio cammino, le mie mani come i miei occhi, le mie scarpe come il mio amore, la mia storia come la mia pelle, come i miei giornali, come i disegni alle pareti, come gli orologi, come le matite, come i cioccolati...
Mi piacerà il sapore più intimo e profondo donato dai visceri sublimi e dosato dalle mani?
Il perché di tutto questo non mi è ancora chiarissimo, d'altra parte necessariamente una svolta serviva, la più radicale possibile, per smuovere una situazione di stallo ambiguo che cercava di impadronirsi della mia esistenza sempre più incerta e poco coraggiosa.
Le incertezze, le paure nel compiere scelte, l'innata volontà di non rovinare quello che già esiste, producono un comportamento e una esistenza di fittizio benessere che, ora posso capire, avrebbero sepolto in maniera definitiva il mio lavoro di crescita e di espressione, senza il quale morirebbe l'uomo vero che è in me e che ben conosco, avendolo sempre ben conosciuto.
Ma non ci sono ancora.
Se la tristezza, la faticosa ed affaticante tristezza è ancora presente ad attanagliare i miei momenti, significa che la meta non è raggiunta anche se il percorso è in atto e scorre, nel suo tragitto, velocemente verso chissà quali traguardi.
Non posso aver ancora timore delle luci cosiccome non posso aver ancora timore dei bui ormai consueti e presenti.
È uno stato di malessere differente dai precedenti: un malessere consapevole della propria struttura e della propria consistenza.
Non è la malinconia di serate prive di stimoli, non è la nostalgia di una bimba, men che meno di una donna, che fomentano la mia con-

dizione; non sono la solitudine o il silenzio della mia voce: sarei, e ne sono sicuro, nelle stesse condizioni anche se fossi attorniato da persone o da amici.
Questo, anziché sconfortarmi, mi consola, perché è la verifica della concreta consapevolezza del mio nuovo modo di star male continuando il lavoro del mettermi in discussione.
Chissà quale luogo, quale casa, quale donna, quale uomo che ho di dentro, potrà permettermi il salto: chissà quale amore, senza alcun tipo di timore.

...I sogni di Paolo...

Sogno del tram

Sono su un tram in corsa dove si svolge una specie di cerimonia durante la quale devo scegliere la persona che deciderò sposare.
Sulla vettura sono presenti numerosi amici e conoscenti che assistono alla mia scelta e successivamente parteciperanno, come ospiti, al mio matrimonio.
Sulla destra, sedute sulla panca di legno, si trovano due donne tra le quali la mia scelta dovrà cadere e, di fronte a loro, è seduta Arianna
Io mi trovo in piedi affiancato al conducente col quale parlo e mi chiede la motivazione di una scelta così repentina e fatta all'ultimo istante.
Mi guarda domandandomi se fossi proprio convinto di ciò.
Dirigo il mio sguardo verso i componenti della vettura soffermandomi sulle due donne alla mia destra e rispondo al conducente che deciderò solo quando ne avrò voglia e solo quando vorrò.
Gli amici presenti mi guardano fissandomi attenti in attesa della decisione, mentre le due donne sembrano molto nervose e impazienti.
Alla mia sinistra Arianna, seduta completamente sola, non appare minimamente interessata a quello strano contesto; incrocio il suo sguardo in un istante di vasta profondità ed ecco che in quel preciso momento dal fondo della vettura sopraggiunge un ufficiale che mi pone la domanda.
-Allora, la vostra scelta?
Allungo ancora lo sguardo verso sinistra, poi sulla panca di destra e, a questo punto, in maniera veemente, quasi violenta, arriva la mia risposta.
-Ma voi siete matti!- grido, poi facendo per due volte il classico gesto dell'ombrello aggiungo -Non potete e non riuscirete mai a legarmi!

Incrocio nuovamente lo sguardo di Arianna che rimane seduta sola e impassibile sulla panca e mi vado a sedere accanto a lei, con la netta sensazione che in quella posizione la mia libertà possa essere salvaguardata senza alcun pericolo.

...Arianna, la donna?...

Sogno della neve

Una nevicata abbondantissima.
La stazioncina del piccolo paese è praticamente avvolta da oltre un metro di neve mentre sto attendendo un treno per poter raggiungere la città.
Cerco di scorgere Arianna che so essere nei dintorni e la vedo, in fondo alla strada che tenta di scavalcare cumuli nevosi altissimi.
Incrocio il suo sguardo mentre si avvicina.
Guardiamo i binari coperti di neve e ci diciamo che probabilmente il treno non sarebbe potuto arrivare proprio per la difficoltà a circolare in quelle condizioni.
Lei propone di utilizzare l'auto poiché le strade sembrano più sgombre rispetto alla ferrovia.
Nel frattempo entriamo nella sala d'aspetto dove, tra l'altra gente in attesa, vedo anche mio padre al quale mi avvicino.
Viene annunciato l'arrivo del treno e mi accorgo di non essermi preoccupato di acquistare i biglietti.
Mi avvicino allo sportello e davanti a me ci sono due signore ben vestite che chiedono al capostazione (donna) la carta igienica per utilizzare il bagno della stazione.
Attendo pazientemente che si spostino, sorridendo ad Arianna e a mio padre che mi sono al fianco, e dopo aver fatto i biglietti, saliamo sul treno che ci porterà in città.

...Arianna: accettata anche dal padre...

Sogno del figlio di Arianna

Mi trovo nella stanza da letto del mio appartamento e percepisco che nel locale attiguo ci sono due donne, due mie parenti (madre, zie, cugine, non so...).
Squilla il telefono, rispondo, finalmente è Arianna: dopo tre giorni di silenzio.
Chiedo il motivo di questa sua irrintracciabilità e mi risponde che è per via della nascita di un bimbo.
-Sei incinta allora?
-No, l'ho già partorito, sono in ospedale!
Rimango sorpreso, per un attimo allibito.
-Ma perché non hai detto nulla?
-perché era una cosa che volevo tenere per me, non volevo farti preoccupare...
-Potevi dirmelo Ari, non era il caso di tenermelo nascosto.
-Si tratta di un bimbo maschio, e adesso?
-Adesso nulla, dimmi almeno dove ti trovi che voglio raggiungerti!
Tutto questo mi vede chiaramente spiazzato, ma il pensiero che ora Arianna possa avere, oltre alla figlia del matrimonio precedente, anche un altro figlio, non mi spaventa.
In tutto il sogno mai affiora il dubbio che il figlio possa essere mio oppure no.
Non m'interessa.
Accetto la donna per quello che è: sola, con un figlio o con due figli.
Che importanza ha?

...vai Paolo, se fosse proprio la tua donna?...

Sogno del sangue

Dopo un incidente mi ritrovo in un letto d'ospedale in cattive condizioni ma perfettamente lucido e cosciente.
Intorno a me non vi sono molte persone, solo alcuni medici e infermieri che corrono velocemente per il corridoio.
Sento che i due medici che sono vicini al mio letto parlano tra di loro dicendo che servirebbe del sangue per una trasfusione.
Capisco che stanno parlando di me e che il sangue servirebbe a salvarmi la vita.
Intravedo, in fondo al corridoio, Arianna che sta raggiungendo la camera nella quale mi trovo, sdraiato nel letto con i due medici leggermente scostati più in la.
Mi sta raggiungendo per proporre il suo sangue, penso nell'immediato.
Incrocio lo sguardo di Arianna a distanza e l'intesa è talmente forte e intensa che non servono parole: lei mi darà il suo sangue!

...Arianna ti salva la vita...

Sogno dell'autobus

Da una strada piccola, di periferia, in un'atmosfera pacata di serata quasi estiva, parlo e passeggio in compagnia di un amico.
Lui si lamenta di non avere, ormai da qualche tempo, nessun rapporto con ragazze e rispondo che anch'io da oltre un mese sono nella sua stessa condizione.
Mi dice che, passando nelle ore serali per queste strade periferiche, è facile imbattersi in ragazze sole che si potrebbero aggredire per riuscire a placare la nostra voglia di donna che ci riconosciamo appiccicata addosso. Guardo il mio interlocutore con aria perplessa e scandalizzata e, con fermezza, rispondo che se quello era il suo modo per avere una donna significava una vera e propria paura verso il sesso femminile.
-Non è meglio una donna affascinante e consenziente?- aggiungo
Prendiamo un autobus e, nella calca, mi ritrovo sul fondo della vettura accanto a due ragazze.
Siamo talmente pigiati che il contatto è inevitabile.
Mentre una di loro, alla mia sinistra, cerca in tutti i modi di evitare il contatto (ed io pure), la ragazza che mi trovo di fronte cerca di venirmi sempre più vicino, sino ad appoggiare il suo volto sul mio collo. Rimango un poco stupito e, dopo aver cercato di evitarla, le chiedo spiegazione. Mi risponde che vuole annusare il mio odore.
A quel punto, anche se un poco renitente, mi avvicino anch'io col naso al suo volto e scopro che è l'odore di Arianna.
È Arianna!
La mia è una specie di liberazione che sfocia in un abbraccio intenso e stritolante.

...è Arianna!!...

Sogno dell'attrazione

L'ambiente sembra essere una clinica, oppure una scuola, o comunque i locali di un qualche istituto.
Incontro una ragazza che mi attira e sento, pur senza avvicinarmi, delle buone sensazioni.
È una persona dolce, serena, anche piuttosto carina.
Sono molto attratto da lei e credo possa essere la donna della mia vita, così come l'avevo sempre desiderata.
Penso, però ad Arianna e non mi sembra giusto che la debba lasciare così di punto in bianco e senza spiegazioni di sorta.
Mi metto perciò a cercare, mentalmente e senza avvicinarmi alla ragazza, motivazioni valide che possano giustificare questa mia esagerata attrazione.
Penso che l'unica differenza tra di loro stia nel fatto che la ragazza che ho di fronte a me appare tutt'altro che nervosa e spigolosa come invece è Arianna e che proprio queste caratteristiche sono quelle che ho sempre cercato in una donna.
A un certo punto, ancora immerso in questi miei pensieri e ancora incerto sull'atteggiamento da tenere, la ragazza inizia ad avvicinarsi.
Le vado incontro cercando di sporgermi il più possibile con la testa per cercare di sentire il suo odore e...
Con gioia e sorpresa riconosco l'odore di Arianna scoprendo che proprio di lei si tratta.

...è Arianna, è Arianna, è proprio Arianna!...

Quando seguo, con uno sguardo sentito e intenso, le grosse nuvole che viaggiano piano tra lo squarcio della mia finestra aperta nel bel mezzo della grande città, allora respiro!
Allora mi felicito col mio profondo, allora si che vivo!
Passano lente queste grosse nuvole che sorprendono la città distratta e assente; così come i miei pensieri che si agganciano a loro per essere trasportati lenti e decisi in alto, in fondo, chissà in quale parte dell'universo.
Sono con le nuvole, piene, sagomate, grosse, gonfie, e con le nuvole voglio viaggiare.
Da questo squarcio di finestra che senz'altro non mi basta, da questi occhi che stasera prima o poi si chiuderanno, da questa profonda voglia ancora rimasta.

Fili d'erba, tramonti, sogni, sole, stelle, il colore del mare: tutto questo non può essere solo il mio mondo.
Il mio mondo non può essere solo questo.
Il mio mondo devo essere io.
Questa sera, non più mascalzona, non più straordinaria, non più speciale o triste o confusa o missionaria: questa sera è solo mia.
Ma ci sei tu!
Sento la musica, soffice che sembra lontana.
Vedo la luce, fioca che piano si avvicina.
Aspiro il fumo, acre che mi conduce nel tranquillo scorrere del mio pensiero.
Non penso al fiore, alla stella, al mare o al sole; penso alla ragione del mio essere, qui adesso, solo, senza malinconia, con un velo di tristezza, con sospiri ansiosi dentro, con una piccola voglia di certezza.
Ma ci sono io!
E prendo forma, accarezzandomi i pensieri con il tempo amico, spettinandomi i lamenti e conoscendo i passaggi, parlando di me e del sentimento antico.
La ragione rischia sempre di scivolare nella poesia.
Ma certo, la poesia è sentimento cosiccome la ragione è realtà.
Forse tutto ciò è equilibrio?
Forse si, ed allora aspettami che arrivo.

Il mio mondo, che non posso perdere, è fatto di tutto ciò.
Di tutto ciò che dico, faccio, penso e cerco di scrivere.
Non ho sogni da romanzare, non ho poesie da raccontare, fiabe da citare: solo una grande voglia di essere e di ragionare.
La forza cruda e vera della ragione sta nel mio mondo di ieri e di oggi, nei ricordi ancora vivi, nelle storie che ho la forza di raccontarmi ancora.
Riparto di getto, mi lascio andare.
Questa sera ho la netta percezione che il mio mondo sia ancora da creare, da creare in me poiché non è e non può essere solo mio: è la voglia assoluta di cercare.
Ringrazierò il mondo, che già c'è, se mi saprà accettare.
Ringrazierò il mio scrivere, i miei sogni, il mio sapere, l'immenso dei miei occhi se mi sapranno permettere di accettare.
Perché voglio accettare, ancor prima di conoscermi, di cercare, voglio saper accettare!

Pezzi di colori, ricami argentati su di un mare agitato,
scintille di un passato che si è fatto stella quando è stato cercato,
piume che volano, che sfilano, che si infilano;
lucide cornici che costringono
giovani immagini:
colgo il cerchio della mia esistenza
trafugo le immagini
confondo me stesso
voglio stare male nel conflitto
e sono via
libero
con il cuore ancora in affitto!

Ogni persona ha, e percorre, la propria intima storia personale che è la sola storia che egli riconosce all'interno di sé e del mondo.
Sto scrivendo ora una pagina della storia del mio esistere che rappresenta una svolta, un'inversione di tendenza rispetto al mio pensiero e al mio vivere fino ad ora.
La ricerca di quella forza, di quella recondita e profonda energia che collega ogni essere umano al mondo e alle energie che scaturiscono dallo stesso.
È la ricerca di Dio.
Del Dio che non ci è mai stato insegnato e che ci è sempre stato presentato nella maniera sbagliata, forse per non permetterci la vera ricerca.
Dio non è al di fuori dell'uomo, è con l'uomo e soprattutto è dentro l'uomo.
Non è un essere o un'entità: è la forza del mondo, è la potente e grande energia dalla quale proveniamo e che ognuno di noi possiede in parte.
Ecco, se dovessi costruire l'essenza e l'esistenza di Dio, unirei tutte le energie del mondo e del cosmo, degli esseri viventi e delle forze naturali in una sola grande forza: questo è Dio, come ora lo intendo io.
La sua ricerca è possibile solo di dentro, solo all'interno e all'interno di me stesso.
Ogni spicchio di vita, di storia intima e personale, è dettato dall'energia che si possiede, dalla parte di energia che abbiamo ricevuto dal cosmo e che abbiamo il compito di far vivere nel migliore dei modi in questa nostra parte di vita terrena.
Il corpo che possiede la mia energia non è altro che il veicolo che l'energia stessa ha scelto per abitare la vita terrena.
Il corpo è materia e, poiché materia, destinato a consumarsi fino ad esaurirsi per poi spegnersi.
L'energia che si possiede, invece, è eterna e non può altro che crescere.
Noi tutti abbiamo il compito di farla crescere, di rinnovarla e di riattizzarla quando scopriamo che sta per affievolirsi.

Perché l'energia è una grande possibilità, un'occasione che abbiamo ricevuto e che non possiamo ignorare, che dobbiamo saper utilizzare.
Il mio futuro, da ora, sta per essere scritto con calligrafia differente.
La mia ricerca è da poco iniziata, forse ho perso del tempo oppure, probabilmente, il tempo passato è servito per una maturazione che non mi vedeva ancora pronto ad affrontare il vero valore, la vera essenza della vita.
Siamo tutti dei veri e propri principianti dello spirito ma non deve spaventare nessuno il sapere, la verità, lo spirito vero che è la propria ricerca.

Il teatro del cielo ripropone la sua scena.
Spinge il sole, con le nubi che ne accarezzano la scia e ne illuminano i contorni.
È la prima sera di un terminato inverno.
Il palcoscenico sembra fisso ma conosce il movimento: il nero e il lucente sono uniti dal raggio potente.
Protagonista è lo spazio, protagonista è il mondo, l'esistenza con le sue gioie e con i suoi tormenti: sono le nuvole schermate dalla luce tenue e abbagliante del pre sera, prima, solo un attimo prima, del tramonto; sono le nuvole che sfondano il cielo circondandosi di aureola potente.
Ancora un istante, la scena muta, così, così distante.
Il disegno si realizza, forma un sogno di visione, cerca la purezza della realtà e si allarga, apre le braccia, spalanca la bocca, in mezzo e immerso nel cielo pulito, alto e stranamente pulito.
È l'attimo prima del ritirarsi gioioso.
Gioco di luce che saluta il sole; gonfie di sfumature si appartano le nubi; intenso di colore cala il cielo offrendo il suo sapore.
Spettacolo intenso, denso e rassodante, lungo e accecante, caldo e folgorante, che solo l'uomo ha l'opportunità di assaporare.
E il non farlo, il non poterlo fare, il non saperlo fare, farebbe troppo, troppo male!

Come una cascata
a pioggia
mi penetra la pelle
il tuo essere
la tua dolce consistenza
il tuo morbido senso di vita.

E ti amo così
semplicemente
come quando si alza il naso all'insù
cercando nel cielo
la provenienza di un fiocco di neve
che cade dolcemente
e morbido si posa sulla mia mano
sciogliendo il suo bianco
nell'azzurro fragrante del tuo volto.

È bella la sera se ti trova sfinito
come pioggia caduta
ormai terminata
che forma una pozzanghera sulla strada

È tenera la notte che ti trova dormiente
nel profondo occulto delle sue grandi braccia
come foglia cullata dal vento
staccata
posata per terra e penetrata nel terreno
È colorato il mattino che ti trova a capire il bacio della luce
e l'emozione che il tocco del sole ti produce

È caldo il giorno vivo e solare
che ti accompagna a salire e scendere le sue scale
Ed è dolce l'amore
l'amore per il mondo che è l'amore per te che
come il naso proteso in un tocco di carezza gentile
infondi la morbidezza di un nascere nuovo.

*Il mare
abbracciando il sole
diventa
un grande coriandolo
che cambia colore*

Mi prende la vertigine!
Se penso a tutto il lavoro fatto con e per Paolo, mi prende la vertigine.
Lui ormai sembra a posto, ma io, mio Dio mi prende la vertigine!
Sento ancora questa forza di fenomeno mostruoso che non mi permette di staccarmi da lui, che procede lenta, inesorabile, con una violenza strana che si alza, che si gonfia come un pallone, che rimane accesa come un fuoco e continua a innalzarsi nel cielo portandomi con sé, portandomi con la mia anima, quasi pericolante, in vortici contraffatti di un'unione diligente.
Il cuore, il respiro, gli organi e i visceri angosciosamente in attesa di potersi liberare ma forse anche piacevolmente distesi ad assaporare una figura nuova, un corpo nuovo, un'anima rinnovata in una nuova persona.
Serve riflettere, anche se, l'imprevedibile urto di questa strana unione, sembra continuare con vampate continue di inusuale calore.
Posso uscirne?
Probabilmente sì, ma voglio uscirne?
Uscendone ci potrei ritornare?
Probabilmente sì, ma sarà cosa facile poterlo fare?
Divorato dal dubbio, ma soddisfatto da questo potere inaspettato, scelgo di rimanere e per il momento mi aggrappo al grande sipario della mia vita, il sipario del cielo sfumato.

Un pizzico di... *VITAMINA B6*

La guardiana dei sogni

Stando a quanto riporta uno studio condotto dall'Università di Adelaide, pubblicato sulla rivista *Perceptual and Motor Skills*, basterebbe fare il pieno di questa vitamina per migliorare la capacità delle persone di ricordare i sogni. Sebbene non sia chiaro come ciò avvenga, una possibile ipotesi è che la vitamina B6 sia implicata nella conversione di un aminoacido in un messaggero chimico che influenza le emozioni e il sonno. Soprattutto durante la fase REM tanto da rendere i sogni più intensi. I ricercatori hanno reclutato 100 volontari di età compresa tra 18 e 40 anni provenienti da tutta l'Australia. Una parte di essi ha assunto, prima di andare a letto, 240 mg di vitamina B6, ovvero l'equivalente di 558 banane. Anche tonno e ceci, se consumati in maniera adeguata, possono apportare lo stesso quantitativo. All'altro gruppo, invece, è stato dato solo del placebo. Dopo cinque giorni di esperimento il primo gruppo era in grado di ricordare meglio i sogni: li hanno definiti più chiari e reali rispetto agli altri. "Non vedevo l'ora di andare a letto e sognare" ha commentato uno dei partecipanti. La vitamina B6 potrebbe dunque aiutare le persone ad avere dei "sogni lucidi". Ovvero essere coscienti dei propri sogni e controllarli. "Ogni soggetto trascorre circa sei anni della propria vita a sognare. Ricordare i sogni potrebbe aiutare a superare gli incubi, le fobie, perfezionare le capacità motorie e persino aiutare la riabilitazione a seguito di un trauma fisico" ha dichiarato l'autore dello studio, il dott. Denholm Aspy.

Aspy,D.J., Delfabbro, P., & Madden, N.A. (2018). Effects of vitamin B6 (pyridoxine) and B complex preparation on dreaming and sleep.Perceptual and Motor Skills.

Un pizzico di... *PSICOLOGIA*

I sogni sono considerati in ambito psicologico come dei momenti in cui il nostro inconscio, la nostra parte meno razionale e più profonda, ha la possibilità di mandare dei messaggi alla parte conscia e razionale. Questo avviene durante la notte, nel momento in cui dormendo, vi è necessariamente un abbassamento della soglia di vigilanza e attenzione rispetto allo stato di veglia.
I sogni utilizzano un linguaggio proprio, un linguaggio metaforico fatto di immagini confuse, accavallate, miste a ricordi e memorie, un linguaggio fatto di fantasia e creatività non sempre di immediata interpretazione e comprensione.
Considerando il nostro inconscio come un deposito, un magazzino di risorse, capacità, apprendimenti che accumuliamo nel corso della nostra esistenza (M.H. Erickson, 1967), diventa evidente come un messaggio da parte sua possa diventare un elemento interessante rispetto ai nostri vissuti quotidiani.

Paolo sogna spesso, ricorda i suoi sogni, li scrive, li memorizza per riviverli anche da sveglio. Si lascia accompagnare dai suoi sogni, lasciando che il suo inconscio gli dia i segnali giusti per accompagnare i passi della sua vita, le decisioni delle sue giornate.
Senza troppo bisogno di interpretare, senza troppo bisogno di capire, ma lasciandosi in qualche modo un po' guidare da quella voce interiore, profonda, personale che gli indica la strada da prendere e i passi da fare.
Fidandosi, concedendosi la possibilità di credere a quello che le immagini oniriche gli comunicano, ascoltando dunque quella parte profonda che invece spesso lasciamo da parte a favore di una razionalità troppo invadente.
Alla fine Paolo arriva con soddisfazione a fare le scelte più adatte, che potranno anche non essere giuste in assoluto, ma sono quelle giuste per lui in quei momenti, in quei vissuti e che, ascoltando il proprio inconscio, attraverso i sogni, ha potuto raggiungere con maggiore soddisfazione.

Anni affollati di idiomi, di idioti,
di guerrieri e di pazzi, anni di esercizi.
Anni affollati di arroganza e di stucchevole bontà,
di tentativi disperati,
di qualsiasi forma di incapacità.
(Giorgio Gaber)

L'ultimo colpo di tosse

Dopo circa due settimane di insistenti colpi di tosse e, soprattutto dopo aver saputo che le vacanze trascorse con sua figlia avevano lasciato alla bimba la pertosse come affardellato souvenir di una settimana al mare, Paolo decise di interpellare il suo medico per chiedere di poter in qualche modo alleviare il disturbo che lo metteva in disagiato imbarazzo soprattutto nei rapporti sociali.
-Vi risponde la segreteria telefonica del numero...
Be', certo un medico non può essere sempre e comunque presente accanto all'apparecchio telefonico come un centralinista: un medico non è un centralinista.
Paolo lascia il suo messaggio in maniera corretta e garbata, scandendo i dati anagrafici compresi di indirizzo, richiedendo la possibilità di una visita in quanto, sottolinea, nutre il sospetto di aver contratto la pertosse.
Soddisfatto di ciò, riassetta la casa per ricevere il medico, preparando in bella vista la tessera sanitaria e decidendo di radersi per cercare di mascherare il proprio aspetto orrendo frutto di una ennesima notte trascorsa insonne tra colpi di tosse e rantoli asinini.
Squilla, in quell'istante, il telefono e, con sorpresa scopre che è proprio il medico a chiamarlo per accertarsi delle sue reali condizioni.
Esattamente dopo 13 minuti dalla sua chiamata: incredibile, complimenti!
Paolo espone la situazione rispondendo alle domande del medico e informandolo anche che alla figlia, con gli stessi sintomi, gli era stata diagnosticata la pertosse nonostante anni prima le fosse stato somministrato il vaccino appropriato.

Sottolinea che, trattandosi di sintomi pressoché identici, anche se più forti e marcati, si potrebbe tranquillamente dedurre che il batterio abbia colpito anche lui.
-Che bravo, che testa, che bella diagnosi mi son fatto!- pensa compiaciuto Paolo
-Si ma, me la son fatta da solo! Me la sono fatta io!
E il medico dall'altro capo del filo?
-E si, certe malattie fatte da adulti sono proprio scorbutiche e antipatiche!
Anche mio nonno o Paperino avrebbero saputo rispondere in questa maniera
-Si, ma Dottore, allora...?
-Guardi, io verrei anche a visitarla, ma lei abita in centro ed è un problema, sa il traffico, il parcheggio, il tempo, e poi guardi, le prescrivo un antibiotico, ne assume due al giorno per otto giorni e poi magari ci sentiamo, d'accordo?
-Ah, la prescrizione la lascio alla farmacia accanto al mio studio così la può ritirare quando crede! Buona giornata e auguri!
-No scusi, un attimo! Siccome mi sono autodiagnosticato la pertosse, presumo possa essere contagiosa quindi mi sentirei imbarazzato nell'uscire, raggiungere la farmacia e ritornare incrociando parecchie persone: non vorrei correre il rischio di contagiarle.
-Ma non si preoccupi, ormai tutti gli adulti l'hanno già contratta questa malattia.
Mi raccomando, due al giorno per otto giorni e ora mi lasci che ho altri impegni. Arrivederci e auguri!
Arrivederci?
E chi l'ha visto?
Tutti gli adulti l'hanno fatta?
E io che ho trent'anni?
Ma valli a capire certi medici!
E se non fosse pertosse?
Se mi fossi sbagliato?
Io potrei anche sbagliarmi, un medico no: oppure anche un medico si può sbagliare?
Ma se non mi ha nemmeno visto!

Già, abito in centro: la mia colpa è di abitare in centro e il centro, si sa, è difficilmente raggiungibile.
E se abitassi in cima ad un monte, all'apice dell'ultimo gruppo di case, sulla vetta dell'ultima torre ancora in piedi, in un isolamento totale, completo, eremitico?
Sarebbero arrivati con gli elicotteri, con le telecamere, il telesoccorso, la candid-camera, il dottor House, tutti i medici e gli infermieri di E.R. che, dando una spallata alla porta d'ingresso mi avrebbero svegliato con un provocante sorriso e con la frase
-Tutto bene? Ci era parso di sentire un leggero colpo di tosse!
Tutto bene grazie, vorrei solo una considerazione maggiore per chi abita in una grande città.
È nello sconforto, Paolo, affranto lacrimante e tossente, seduto nel cantuccio sinistro del suo piccolo divano nella sua casa purtroppo in centro città.
Telefono sul bracciolo sinistro, agenda a destra e mente occupata a cercare qualche altro tipo di consulto.
Un lampo: -Ecco, ci sono! L'amica omeopata che solitamente traduce i medicamenti classici in strane soluzioni verduristiche o in fantomatiche e scomode sferette racchiuse in piccoli cilindri colorati. Ecco si, lei ci azzecca quasi sempre!
Accanto al numero riportato sull'agenda Paolo scorge una scritta "dalle 9 alle 10"
Solo dalle 9 alle 10?
E i suoi pazienti come faranno con una sola ora al giorno a disposizione?
Be', ma essendo una pediatra i pazienti sono solo dei bambini...
Caspita, le nove e venti, sono ancora in tempo: vai col numero!
Occupato.
Occupato.
Occupato.
Sono le nove e quaranta ed è ancora occupato.
Be', certo un'ora sola al giorno dedicata ai suoi piccoli pazienti non è poi molta, saranno chiaramente tutti concentrati a chiamarla in questo momento.
Insiste.

Riprova, forse è la volta buona: le nove e cinquanta, forma l'ultima cifra del numero e... occupato!

Paolo è adirato anche perché sa per certo che alle dieci il telefono viene scollegato non permettendo più alcun possibile contatto diretto. Mancano tre minuti, è una battaglia ma, testardo, ci riprova.

E finalmente eccolo premiato: la fata turchina antica amante di pinocchio e forse di molti sogni proibiti degli adolescenti che ha in cura, risponde e lo riconosce sorpresa.

Paolo spiega, tra colpi di tosse che gli pungono il cervello, che probabilmente ha contratto la pertosse.

La fata ride, ride talmente in modo sguaiato da coprire i rantoli di Paolo che si dibatte per cercare di ingurgitare aria.

-Certo che a fantasia vai proprio alla grande tu eh!

È bello avere dei buoni rapporti con i medici, soprattutto quando sei a terra, dopo un forte attacco di tosse con relativa espulsione gastrica, cercando disperatamente di immettere aria nei polmoni che pare non ne vogliano sapere di farla entrare perché talmente solida da non essere accettata nemmeno se macinata.

Riprende fiato cercando di ricomporsi e, riavvicinandosi al telefono riesce ad ascoltare parole che sembrano frasi stampigliate sulle cartine delle vecchie gomme da masticare

-Vedi Paolo, è raro incontrare adulti che contraggano malattie infantili e non è nemmeno facile curarle così semplicemente come si farebbe con un bambino...

(parole già sentite, non ricordo se da paperino, mio nonno o dal dottor House)

-Comunque ti consiglio anch'io l'antibiotico per qualche giorno, un olio essenziale di *lavanda* e poi alcune sferette, sai quelle contenute nei cilindretti colorati che...

-Si, si, ho capito, ma non è il caso che possa essere almeno visto o visitato? In fin dei conti la diagnosi me la sono fatta da solo e non vorrei...

-Non dicevi che anche tua figlia? E allora tranquillo, armati di pazienza perché le malattie infantili fatte da adulti sono molto ostiche da curare e poi, lo sai, io non sono solita visitare a domicilio!

Lo sa, Paolo lo sa, se ne è ben accorto: a certi medici non bisogna chiederlo mai.
Otto giorni di terapia da consiglio telefonico trascorsi tra catarri, notti in bianco, attacchi asmatici, svenimenti, digiuni pressoché assoluti, vomiti a oltranza e tossi, grandi tossi, tossi a non finire con sensazione di soffocamento ad ogni attacco.
Trascorsi questi otto giorni Paolo viene assalito da un dubbio legittimo
-E adesso?
E adesso nulla, le condizioni non si sono modificate, la malattia non si è evoluta, non ci sono stati segni di miglioramento quindi basterà sollevare il ricevitore del telefono e farsi consigliare daccapo.
Ci risiamo: agenda, numero, apparecchio telefonico, indice che scorre veloce sulla tastiera, tosse che lacrima gli occhi e non gli permette di mettere a fuoco e, finalmente...sbaglia numero!
Chi mai avrà svegliato a quell'ora di mattina?
Si asciuga gli occhi, vomita il sorso d'acqua poco prima ingerito e riparte: libero, segreteria telefonica!
Va bene, raccoglie in fretta le idee e lascia un preciso messaggio scandendo diligentemente il proprio numero telefonico e terminando con l'implorazione
-Sto malissimo!-
Si tranquillizza Paolo, è rassicurato dal fatto che senz'altro dopo breve sarà richiamato dal medico che gli consiglierà se continuare o meno la terapia.
Nel frattempo depone, accanto al telefono, la confezione di pastiche, così, tanto per sentirsi meno solo durante l'attesa.
Trascorrono le ore dell'intera mattinata tra spasmodica attesa, tosse stizzosa e soffocamenti vari.
Decide allora di ritelefonare rilasciando un messaggio, durante il quale un bell'attacco di tosse lo aiuta a terminare la frase implorante finale "sto malissimo!"
Ancora attesa, inutile attesa, e ancora stizza, delusione, tosse e nitriti soffocanti.
E l'amica omeopata?

Vai, ottima idea, pensa Paolo, pur essendo fuori "fascia oraria", ma un'amica...
Segreteria telefonica.
-Nella giornata odierna la Dottoressa è assente, sarà reperibile dal prossimo lunedì.
È venerdì, cribbio è venerdì: venerdì di week-end, venerdì di mare, di montagna, di fine settimana tipicamente italiani.
E chi se ne frega!

Si caccia in bocca l'ennesima compressa e si rassegna fino alle cinque del pomeriggio, ora in cui, sa per certo, il medico di base prenderà servizio presso l'ambulatorio, quindi necessariamente sarà reperibile.
17,01: inizia la battaglia telefonica.
Paolo predispone il numero nella memoria del telefono e parte.
Occupato.
Non importa, riprova.
Occupato.
Va be', ancora.
Occupato.
Occupato.
Occupato.
Occupato.
Scende la sera nell'angolo che lo vede rannicchiato ormai da oltre due ore con l'indice intento a posarsi sempre sul medesimo tasto.
Rannicchiato e quasi sconfitto.
È buio ormai, è buio e ancora è...Occupato!
Ma allora ha staccato il telefono?
Non c'è nulla da fare di fronte ad un avversario che non ha alcuna intenzione di concederti spazi per farti giocare.
È una partita persa in partenza.
Desiste, ma con l'intenzione di riprovarci, anche perché prima o poi quel telefono riverrà collegato e allora depositerà il suo messaggio: quello sarà il primo ad essere ascoltato la mattina successiva.
Certo, così.

Le due e quaranta di una notte trascorsa ancora tra vagiti di mancati soffocamenti, tossi infinite, infamanti parole rivolte a medici e malattie, rigurgiti di prolungati digiuni e botte, botte tremende, fior di botte e colpi tirati con calci e pugni, ai colorati cuscini deposti sul letto.
Impugna vigorosamente il telefono.
Si, pensa risoluto Paolo, il mio messaggio, la mia implorazione, sarà la prima ad essere ascoltata il mattino seguente.
Con un po' di emozione e lentamente, forma il numero dopo essersi preparato la corretta dizione del messaggio notturno da lasciare in segreteria telefonica.
Ecco, ci siamo!
Con incertezza notturna porta il ricevitore all'orecchio e... Occupato!
Si, occupato alle tre di notte!
Si arrabbia, impreca, sbotta, lancia il telefono e scalcia per l'ennesima volta l'unico cuscino rimasto nei suoi paraggi e poi, al solito, nel buio silente, solitario e tetro di quella inutile nottata, si rassegna chinando la testa e piangendo accompagnato da una tosse ancora più stizzita e incazzata.
L'ennesima notte insonne lo trova, alle prime ore del mattino, a rispondere frettolosamente allo squillo del telefono.
È il giorno del suo compleanno ed è la figlia a ricordarglielo, in un sabato mattina di condizioni assurde che non gli permettono di attendere ulteriormente.
Ha il numero privato del medico e decide di chiamarlo.
Al solito: segreteria telefonica, messaggio, attesa sofferente per l'intera giornata.
Nulla.
Paolo si sente completamente abbandonato a se stesso, ignorato e, per di più, a dover affrontare nuovamente una notte minacciosa e terrificante.
Viene consigliato, da un amico, di interpellare la guardia medica.
Già, e come non averci pensato prima?
Perché non averci pensato durante gli attacchi terribili delle precedenti notti?
Compone il numero e subito dopo, quasi magicamente, ecco la risposta.

Spiega la situazione, i suoi sintomi, la sua inutile rincorsa al medico curante e chiede la possibilità di essere visitato.
Visita?
Non sia mai detto!
-Guardi, non possiamo certo uscire per una pertosse (ma chi ha fatto la diagnosi?), le nostre visite sono solo per emergenza!
-Si, ma almeno un consiglio, una prescrizione.
-Le consiglio vivamente una radiografia al torace!
Una radiografia, una radiografia al sabato sera.
-Ma io sto male! Soffoco!
Paolo si prepara a trascorrere una notte infernale tra farmaci antitosse che sortiscono lo stesso effetto di un'acqua minerale non gassata (almeno le bollicine lo gonfierebbero) e paura, una fottuta paura di soffocare durante uno dei tanti attacchi notturni.
Spazzolandosi i denti alza il capo dirigendo lo sguardo verso lo specchio sopra il lavabo e incrociando il suo viso tirato, sofferente e stanco.
Scruta le profonde occhiaie che solcano i suoi occhi e non può fare a meno di pensare, durante un nuovo attacco di tosse: Buon Compleanno!
Basta, basta, bastaaa!
L'urlo interiore richiama le prime luci del mattino che ha aspettato vagando per la stanza con l'inutile intento di trovare soluzioni che potessero limitare le prepotenti crisi che ormai lo accompagnano da settimane.
Da due giorni ha sospeso la terapia antibiotica, come indicatogli telefonicamente all'inizio della malattia dal medico curante che, tra l'altro, non ha ancora avuto il piacere di incontrare e nemmeno di poterlo più sentire telefonicamente.
Ancora un attacco potente terminato con il solito vomito e le lacrime agli occhi.
Ancora la sensazione che non entri più aria nei polmoni, che possa da un momento all'altro soffocare, ancora rabbia, tanta rabbia per qualcosa che non è in grado di capire, e questo gli procura una stizza impotente quanto imperiosa.

Scorge, su un quotidiano semiaperto sul tavolo, la pubblicità che riporta un numero telefonico di un fantomatico servizio medico festivo.
Ci prova.
-Guardi che è a pagamento!
Non c'erano dubbi.
-Occorre pattuire la cifra telefonicamente oppure è sufficiente la parola che onorerò il pagamento?
Lo spirito di Paolo non deve esser stato ben accolto e, mentre si auto compiace di aver ancora, nonostante tutto, conservato un pizzico di humour, dall'altro capo del filo sanciscono -Va bene, arriveremo nel pomeriggio!
A Paolo non sembra vero.
Qualcuno che pare interessato a lui?
Anche se di domenica?
Anche se..?
Anche se a pagamento.
È così contento che quasi non si accorge di aver riversato a terra l'intera colazione.
Paolo si deve preparare, si deve vestire, si deve sistemare, deve rassettare la casa che sembra un campo di battaglia, deve...deve forse festeggiare?
No, il giorno del suo compleanno è già passato!
Si siede diligentemente ai bordi del letto attendendo pazientemente l'arrivo del "servizio medico festivo non stop".
Viene raggiunto da un ingombrante medico il pomeriggio di una domenica spenta e grigia che tenta invano di ricordare al mondo il suo essere giorno festivo e, di conseguenza, lieto e riposante.
Riposante un corno!
Ha solo il tempo di riprendere fiato, tra un attacco e l'altro, di sentirsi strizzato come una pezza da pavimento senza nemmeno la possibilità di potersi sdraiare, pena il soffocamento quasi certo.
Il grosso e ingombrante medico prescrive un sedativo e un potente antitosse (a suo dire), consigliandogli di consultare appena possibile il suo medico curante per chiedere se sia o meno il caso di continuare la terapia antibiotica.

-Probabilmente- afferma
-Si tratta proprio di pertosse, sa certe malattie infantili contratte da adulti...
No, fermo, fermo, questa frase l'ho già sentita, non rammento da chi ma l'ho già sentita!
-Forse dal dottor House?- ammicca il gigantesco medico
-No, credo fosse Paperino o, forse, mio nonno!- risponde Paolo salutandolo e allungandogli una corposa colorata banconota.
Non è certo soddisfatto ma almeno è convinto di possedere qualche arma in più per cercare di trascorrere una notte meno terribile delle precedenti.
Con ottimismo ingurgita tutto ciò che gli è stato prescritto attendendo, con sommessa e fioca speranza, l'efficacia dei farmaci.
Speranza da allocchi imbecilli.
Ottimismo da stupidi ingenui.
Nulla.
Come aver bevuto un sorso d'acqua distillata: lo stesso identico effetto.
A questo punto chiama il mastodontico medico che, con la stessa solerzia con la quale aveva agguantato la banconota, gli aveva lasciato il numero telefonico per "ogni evenienza".
-E si, questo conferma che si tratta proprio di pertosse in quanto non risponde agli antitosse!
-D'accordo, e allora?
-Cerchi di stare tranquillo, sa certe malattie fatte da adulti...
Paolo suda, diventa paonazzo di rabbia, emette un colpo di tosse che più che un ruggito pare un proiettile di fucile sparato contro ciò che ha appena finito di ascoltare.
Dall'altro capo del filo un "Buonanotte!" che gli appare come una sordida minaccia.
Paolo si ritrova stordito di sedativo senza avere la possibilità di potersi sdraiare poiché partirebbero gli attacchi con più ferocia chiudendogli il passaggio dell'aria nell'ormai stanca e provata trachea.
Che nottata ragazzi!
Forse una delle peggiori in assoluto.
E quante maledizioni, ragazzi!

Invettive e improperi che si andavano a scagliare contro la montagna umana di quel medico zelante incontrato nel pomeriggio domenicale.
A quest'ora, pensa Paolo, sarà impegnato in altri ben retribuiti servizi festivi: buon lavoro, ingombrante figura e scusa se mi ero fatto illudere dalle tue scientifiche e paterne rassicurazioni!
-Peccato...- urla pensando Paolo
-Peccato che ai naturopati non sia permesso di intervenire sulle patologie!
Si getta, amaramente a peso morto, sul letto ficcando la testa sotto il grande cuscino verde, imprecando e scandendo l'improperio più forte e cattivo con l'ultimo colpo di tosse.

Un pizzico di…*LAVANDA*

Le nebbie sono scomparse: esco, mi rallegra il buon odore di spigo e di lavanda dei paesetti toscani.
(Dino Campana)

I fiori di lavanda rappresentano l'essenza più preziosa per un supporto a livello antispasmodico.
La struttura chimica della pianta è piuttosto complessa rispecchiando la versatilità della stessa.
E' intesa come "sedativo" per eccellenza del sistema nervoso centrale, esercitando una vera e propria azione di riequilibrio, riuscendo a conciliare l'aspetto tonico con quello calmante.
Le essenze di "spigo" e "steca" (così era chiamata la lavanda nei testi classici) erano molto rinomate e utilizzate proprio per le loro numerose proprietà.
Plinio e Galeno le consigliavano in numerose affezioni e Discoride narra che il decotto di lavanda risulta essere un ottimo antidoto contro i veleni di ogni tipo.
Gerard, che nel 1500 compilò l'erbario più completo e importante dell'epoca Tudor, la raccomandava come potente cefalico suggerendo di bagnare la fronte sofferente con impacchi di acqua distillata e lavanda.
Nicholas Culpeper (1616-1654)) riprese un secolo dopo gli scritti di Gerard (pubblicando The English Physician e Complete Herbal che contengono una vasta conoscenza di erboristeria e farmaceutica) e ne amplificò le applicazioni esaltandola al punto tale da definire la lavanda come l'essenza più importante e polivalente tra quelle studiate, asserendo che dovrebbe essere sempre a portata di mano come una panacea del benessere.
Oltre alle proprietà antispasmodiche racchiude anche caratteristiche cicatrizzanti e antisettiche, infatti Gattefosse (importante autore di approfonditi studi nel campo degli oli essenziali negli anni '30) narra di una sua personale esperienza quando, in laboratorio, ci fu un'esplosione che gli causò una forte ustione alle mani. Istintivamente immerse gli arti in un recipiente contenente l'essenza pura di la-

vanda verificando che questo contatto arrestò la gaseificazione dei tessuti e, già dal giorno dopo, il processo di cicatrizzazione procedeva celermente.

Il nome lavanda deriva dal latino lavare e, forse anche per questo, gli antichi romani usavano profumare l'acqua del bagno con i suoi fiori prima di immergersi e dedicarsi alle abluzioni.

L'aroma schietto e fragrante è, ancora oggi, inteso come sinonimo di pulizia.

Un pizzico di... *PSICOLOGIA*

Una sofferenza, un dolore o un malessere che non vengono riconosciuti dall'esterno amplificano sicuramente, in qualche modo, la loro potenza e la loro intensità.
Dal punto di vista psicologico si attiva subito il senso di frustrazione per non riuscire ad aiutare se stessi e successivamente si presenta in maniera quasi immediata anche una sensazione di impotenza per non sapere cosa fare, come comportarsi, a chi rivolgersi.
La mente di chi si trova in questa condizione è pervasa da forti sentimenti di rabbia, di solitudine, di incomprensione.
Basterebbe un semplice riconoscimento esterno per far tornare la situazione psicologica al normale stato di equilibrio, ma questo a Paolo non succede. Paolo si trova completamente in balia delle sue emozioni, dei suoi pensieri e della sua sofferenza senza riuscire a trovare un minimo di comprensione e conforto che possano dargli il giusto sollievo.
Paolo si sente in mezzo ad un mare in burrasca perché sta male, sente di stare male, sente il suo corpo soffrire ma non ha i mezzi ai quali potersi aggrappare per un aiuto, non ha qualcuno che lo possa trarre in salvo da quella tempesta.
In questo caso Paolo proprio non riesce a non lasciarsi completamente attraversare da quello che prova aumentando, di certo inconsapevolmente, il suo stato di totale malessere.
Ma in questi casi c'è una soluzione? Sarebbe davvero possibile mantenere la calma e la tranquillità? Si riuscirebbe davvero a non provare rabbia nei confronti del mondo medico che si mostra poco disponibile?
In fin dei conti la scelta di Paolo è la più saggia: aspettare che passi la tempesta!

La violenza si finisce col pagarla con la violenza.
La non cultura si paga con l'ignoranza, con la non libertà,
con la dipendenza e con la castrazione.
(Renzo Casali)

Luca e l'ombrellino

Luca sembrava impaurito, con questo suo ombrello chiuso tenuto tra le mani che pareva un piccolo bastone al quale potersi appoggiare.
Stranamente non si attorcigliava intorno alle gambe della madre come fanno solitamente i bambini intimiditi da presenze non conosciute ma, tenendo l'ombrello puntato sul pavimento, ci girava intorno non alzando mai lo sguardo verso lo sconosciuto dal quale era stato portato.
In questi casi, dopo un tiepido saluto, è meglio non aggredire il bimbo con ipocrite attenzioni ma accettare il suo atteggiamento che, anche se a noi razionali adulti può apparire strano, per la piccola figura vestita di rosso che girava incessantemente intorno all'ombrellino, senz'altro aveva un valore importante o quantomeno una simbologia da non sottovalutare.
Mi sorprese soprattutto il fatto che anche a colloquio iniziato e dopo più di venti minuti, ancora non si staccava da quell'oggetto che sembrava rappresentare una certezza puntata a terra.
Certo, ora non ci girava più intorno ma, pur rimanendo seduto affiancato alla madre, stringeva l'ombrellino a se come fosse l'amico più caro.
Mi racconta, la signora bruna col volto tirato e profonde occhiaie sofferenti messaggere di sonni mancati, la storia di Luca, i suoi silenzi enormi, pieni di sentimento ma vuoti di rapporti con chi lo circonda.
Mi racconta, la signora bruna con la voce sottile e lo sguardo rassegnato, di un Luca inappetente, di un Luca schivo, di un Luca silen-

zioso ma con scatti d'ira furibondi e furiosi accompagnati da un silenzio triste e angosciato.
Sposto lo sguardo su questo piccolo esemplare di uomo e proprio in quell'istante i suoi occhi m'incrociano con l'intensità di una sfida che anche il peggior nemico farebbe fatica a proporti.
Fingo il nulla e chiedo ulteriori informazioni sulle attività del piccolo Luca che mi si dipinge come un bambino studioso, attento e rispettoso anche se... e qui la pausa della madre diventa immensa e colma di un silenzio nel quale Luca si tuffa.
Anche se... Luca si mette le mani alle orecchie abbandonando per un attimo la presa del suo ombrello, come a non voler sentire quello che la mamma, di certo e di sicuro sta per dire.
Anche se non esce mai da casa senza il suo ombrello che tiene aperto sempre, in ogni luogo e lo terrebbe aperto anche in casa se con la forza non lo costringiamo a chiuderlo.
Si vergogna, forse, lo scricciolo rosso che mi sta davanti evitando i miei sguardi, e riprendendosi l'ombrello tra le mani lo apre di scatto verso la parete nascondendosi quasi completamente e riparandosi dietro l'ombrello scuro, di un solo colore, senza stampe o disegni, insomma non proprio da bambino.
Vengono alla mente sogni e vissuti momenti d'infanzie strappate, di premure di crescita, di giorni sprecati attendendo chissà quali miraggi al di fuori della piacevolezza infantile.
Da piccolissimo era un bambino piuttosto vivace pur con alcuni momenti di strana solitudine; un ricordo illustra la madre, un ricordo che così raccontato me lo fa vedere, quasi vivere con un piacevole senso di abbandono e un sorriso che abbozza sulle nostre bocche.
Viveva in un paese di campagna, anche se a pochi chilometri dalla città, dove ancora vi erano allevamenti di bestiame e stalle che rappresentavano, per i piccoli, una vera e propria attrattiva.
Un'alternativa alla televisione.
Luca veniva portato a visitare dall'esterno questi allevamenti, lo accompagnava lo zio con la bicicletta e si fermavano di fronte alle mucche intente a sfamarsi e a ruminare nella loro mangiatoia.
Non parlava il piccolo Luca, semplicemente guardava e ascoltava le spiegazioni dello zio non si sa se con attonita attenzione oppure con

sguardo e mente svaniti. Passavano anche interi pomeriggi in quelle campagne, nei pressi di quelle stalle e al ritorno, anziché precipitarsi verso il televisore come faceva la sorella, Luca preferiva ancora assentarsi con la mente strisciando le dita su un muretto che lambiva l'ingresso alla loro abitazione. Ci stava minuti interi, a volte anche delle mezz'ore, a seguire con le piccole dita le circonferenze dei buchi che il cemento, non recente, segnava sull'appiattimento del muro. Girava le dita e le seguiva con lo sguardo, senza fiatare, senza parlare, senza quasi guardare. Un assopimento di estasiata meraviglia.
Preoccupava un po' tutti questo bimbo dapprima vivace e poi silenzioso, preoccupava al punto tale da far presagire sintomi di autismo. Ma lui cantava, si cantava. Sembra strano ma Luca cantava tutto il giorno, tutti i giorni. E poi? Cosa sarà successo?
Indago anche se, di fronte ad una madre così apparentemente meticolosa ma altrettanto distante e distratta non è facile capire e carpire informazioni. Almeno quelle che reputo importanti e non i voli mnemonici e i dettagli egoisti di una mamma magari un poco assente o quantomeno distante verso le effettive esigenze di suo figlio piccolo.
Ma la sorella di Luca? Non ne vuole parlare la signora nervosa che col piede ha ormai quasi scalfito il pavimento a furia di scalpitare.
Bofonchia qualcosa Luca, me ne ero accorto fin dal primo momento, quando capisce di non essere guardato pare scandisca sottovoce qualche parola che però non riesco a decifrare.
Fingo di ascoltare le continue mitragliate della mamma e invece mi concentro sul sottile lamento di Luca e finalmente colgo il senso del suo sussurro: passa l'angelo, passa l'angelo!
Attiro l'attenzione della madre verso quella frase bisbigliata cercando una plausibile spiegazione e la signora, sforzandosi di interrompere il suo monologo mi dice che probabilmente si riferisce all'angelo perché lei teneramente lo chiamava così.
Luca corre verso la porta di uscita e, impugnando l'ombrello come fosse un bastone, si scaraventa verso la madre colpendola sulla schiena, iniziando a gridare
-Altro che angelo, altro che angelo, dici che sono il diavolo, che ho dentro il diavolo!

La madre ride, di un riso forte e sguaiato, fasullo. Ride nervosa con i denti talmente stretti da far sembrare le mandibole incollate fermamente tra di loro.
La madre ride e Luca si mette a piangere urlando ancora
-Non sono il diavolo, non sono il diavolo!
Cerco spiegazioni e dopo un po' di renitenza il racconto fu di quelli che, ai giorni nostri, sembra cosa d'altri tempi o, meglio, d'altre culture o generazioni.
Per questa mania dell'ombrello e per questo bimbo così taciturno, qualcuno ebbe il buon pensiero di suggerire alla madre che il diavolo potesse essersi insinuato nel corpo bambino di Luca e che se ne fosse impossessato a tal modo da renderlo così estraneo a tutto ciò che lo circondava. Se all'inizio queste voci e questi accorati suggerimenti non trovarono ascolto poi, a furia di sentirseli ripetere, la signora iniziò a pensarci veramente e a prenderli in considerazione fino al punto da farsi indirizzare verso un sacerdote che, nella canonica di un paese vicino, trattava e risolveva casi del genere.
Detto fatto. Un pomeriggio che mi è raccontato come freddo e piovoso, madre e bimbo raggiungono il luogo e si trovano ad attendere il loro turno in una sala d'attesa, affollatissima di persone malate, che era stata allestita all'interno della canonica. Almeno una dozzina di persone, perlopiù donne, nessun bambino, attendevano il proprio turno per accedere alla stanza attigua dalla quale, oltre a strani vocii e gridolini, proveniva un acre e fastidioso odore d'incenso.
A una a una tutte le persone in attesa entravano nella stanza uscendone dopo un po' guadagnando spazio, senza proferire parola, ma passando dalla cassetta per le offerte posta accanto alla porta a vetri che delimitava il locale prima dell'uscita vera e propria.
Era ormai buio quando il piccolo Luca fu fatto sedere su una sedia per lui gigantesca posta in mezzo alla stanza. Il sacerdote chiese alla madre quale fosse il problema e poi si diresse verso il bambino accarezzandogli la testa. Luca cercò di scostarsi, non gli piaceva quella figura d'uomo con i paramenti addosso e un vocione roco che sembrava un orco. Alcune incomprensibili parole frastornarono la stanza e il piccolo Luca, che credo mai più piccolo si fosse sentito in vita sua, tenne gli occhi chiusi e stretti per non vedere quello che

l'omaccione stesse per fare. Sentì qualche goccia d'acqua sul suo volto e socchiuse gli occhi per vedere di cosa si trattasse, giusto in tempo per sentire la frase -Vattene satana da questa piccola creatura! Recitata e quasi urlata per tre volte dal possente prete che puzzava d'aglio, di vino e d'incenso.
Dopo il primo "vattene" Luca, pensando fosse rivolto a lui, tentò di alzarsi spingendosi in punta di sedia ma fu abilmente mantenuto seduto da una potente mano pelosa che lo trattenne sullo scranno.
L'incontro proseguì con gli strani consigli che il sacerdote diede alla madre di Luca, cioè di lacerare il materasso dove il bimbo dormiva per vedere cosa contenesse per poi riferirglielo. Cercò ancora di accarezzargli la testa per salutarlo ma Luca corse via, evitando quest'ultimo fastidioso tocco e attendendo la madre vicino alla porta d'uscita e alla cassetta delle offerte verso la quale la signora soffermò la sua attenzione rimpinguandola ulteriormente.
Sarebbe un racconto quasi ridicolo ma, a questo punto, non posso non chiedere se avesse mai seguito il consiglio del prete. Fece cenno di si con il capo e mi disse che all'interno del materasso trovò un groviglio di stoffa a forma di stella e una piccola immagine sacra.
-E poi?
Chiedo anche un po' incuriosito.
-E poi nulla, mi son resa conto che la storia stava prendendo un percorso strano e quindi eccomi qui.
Certo, eccoci qui: dopo l'esorcista il naturopata!
Tornai a prestare la mia attenzione a Luca che appoggiandosi con le spalle alla parete e facendosi scivolare lentamente in avanti la stava percorrendo verso di noi continuando con la sua frase farfugliata.
In un istante mi appare nella mente una specie di filastrocca che, dapprima mentalmente e poi canticchiando, diventa semplice cantilena "con un soffio passerà... con un soffio passerà".
La ripeto sussurrandola verso Luca, per più volte o almeno fino a quando la sua attenzione, di sguardo e corpo, riesce a essere catturata e sorpresa dalla stranezza di questo naturopata che si permette di canticchiare durante un incontro.
Basta un poco e mi ritrovo con questo piccolo bimbo dalla mia parte di tavolo a cantare insieme la filastrocca e a soffiare con forza verso

l'altro capo, dove mamma e ombrello sembravano impietriti. Mi stavo forse giocando la reputazione e l'immagine? Magari sì, ma non certamente al cospetto di Luca che sembrava sollevato e rinfrancato da questo siparietto inaspettato. Era la sola cosa che m'interessava: lo spirito di riassaporata libertà di un bambino.
Con un soffio passerà... con un soffio passerà... anche l'angelo passerà!
Ma Luca, chi facciamo passare?
Chi soffiamo via?
La mamma? La sorella? Il papà? Chi soffiamo via Luca?
Mi scruta con uno sguardo misto tra l'atterrito e il sorpreso poi, quasi a mezza voce mi dice -Il tatuaggio... il tatuaggio che papà ha voluto fare sulla schiena di Marzia.
E scappa, veloce e col suo ombrello, nell'altra stanza.
Guardo la madre che finge di non aver capito e di non capire dicendomi che si Marzia, la figlia maggiore, ha un tatuaggio a forma d'angelo sulla schiena che suo marito in accordo con la bambina glielo aveva fatto fare da un amico comune, ma non comprende quale possa essere il problema.
-Ma quanti anni ha Marzia?
-Dodici!
-E secondo lei è normale che si possa tatuare una schiena di una bambina?
-Be' ma è un nostro amico e noi eravamo d'accordo.
Mi arrendo, anche se rimango convinto della brutalità di un intervento sul corpo della piccola e non mi resta che chiedere alla Signora secondo lei cosa volesse intendere Luca con quella canzoncina e soprattutto perché volesse soffiar via il tatuaggio sulla schiena della sorella.
Chiaramente non ha adeguata risposta e sembra indispettita dal mio atteggiamento indagatore. Lo capisco e cerco di rimediare sforzandomi di riportare l'incontro entro i parametri del normale colloquio.
Propongo di incontrarci dopo una quindicina di giorni anche alla presenza di una collega psicologa per verificare se Luca riuscirà ad aprirsi maggiormente e, di conseguenza, a capire quale possa essere la matrice del suo problema. Nel frattempo consiglio un composto

floreale contenente due fiori australiani: *Bottle brush* (favorisce l'eliminazione di molte scorie emotive che influiscono negativamente sulla struttura infantile indirizzando verso il distacco dalle attenzioni materne non positive e che, nel caso di Luca, forse mai state intense come lui avrebbe desiderato e voluto) e *Illawarra flame tree* (per lo spiccato senso di rifiuto verso qualcosa o qualcuno dal quale non ci si senta particolarmente amati).
Saluto Luca, che mi guarda con occhi vispi e sfuggenti, rientrando in studio a riflettere su quanto questo piccolo bimbo ha saputo smuovere nei miei sentimenti. Sento che qualcosa mi sta sfuggendo; capisco che forse qualcosa me lo si sta nascondendo ma non riesco a concentrarmi sulla figura della madre di Luca senza avvertire fastidio, senza non provare una sensazione di strano disagio. Ripenso al tatuaggio e a come rappresenti per Luca un problema vederlo sulla schiena della sorella. Già, ma essendo sulla schiena come può Luca vederlo così spesso come sembra e soprattutto come può la figura di un angelo fargli così paura?
Cerco la legge che stabilisce regole precise riguardo ai tatuaggi e scopro che in effetti, pur non ammettendo la possibilità di eseguirli su minori, se sussiste il parere positivo dei genitori, questo diventa possibile. Rimango perplesso ma d'altra parte la normativa recita chiaramente in questo senso.
Parlo del caso con l'amica psicologa che mi suggerisce di convocare l'intero nucleo familiare e soprattutto, se la madre fosse consenziente, di far ispezionare la schiena di Marzia da un dermatologo di nostra comune conoscenza. Riferendo il tutto alla madre di Luca, sorprendentemente la trovo molto disponibile e quasi con un sentore sorridente che percepisco anche solo al telefono, mi saluta con tono sollevato.
È agghiacciante quello che il dermatologo ci riferisce e soprattutto i suoi non celati sospetti. Analizzando la schiena di Marzia si è evidenziata la presenza di piccoli ematomi che possono derivare, se non da vere e proprie percosse, da una presa violenta di mano adulta sui fianchi scarni ed esili della bambina. Il sospetto è proprio quello di una forma di molestia che Marzia possa subire, probabilmente dal padre o da chissà chi altro.

Chiaramente il tutto viene girato all'autorità di competenza e dopo qualche mese, con l'arresto del padre di Luca e Marzia e del suo amico tatuatore, la storia risultava chiarita: Luca assisteva quasi sempre alle violenze che i due uomini perpetravano sulla bimba, con la paura che prima o poi la stessa sorte toccasse anche a lui. La visione del tatuaggio sulla schiena di Marzia terrorizzava ancora di più il piccolo Luca che confondeva un'immagine pura con un'azione violenta soprattutto da parte del padre.

Ecco quindi l'attaccamento all'ombrellino per ripararsi da questa sporca bufera di acqua di fogna ed ecco quindi la cantilena per far scivolare via il pensiero brutto, la schiena di Marzia, la violenza e la brutalità del suo papà e del suo complice amico.

Ancora oggi non so se la Signora bruna col volto tirato e profonde occhiaie sofferenti fosse stata a conoscenza della situazione, fatto sta che non rividi più nessuno di loro per molto tempo e soprattutto non ebbi alcuna notizia fino a quando l'amica psicologa mi disse che stava trattando Marzia e Luca e che in breve tempo i due bambini avrebbero recuperato un po' di sana armonia.

Con un soffio passerà, con un soffio passerà,
anche l'angelo passerà-.

Un pizzico di...*FIORI AUSTRALIANI*

BOTTLEBRUSH

Rompo tutti i legami che possono ostacolare la mia crescita
Assecondo i cambiamenti della vita

Questa essenza floreale favorisce il legame tra madre e figlio, il più delle volte ostacolato anche da atteggiamenti o sentimenti non positivi da parte della madre stessa.

E' anche il fiore della modifica degli stati e delle situazioni negative stagnanti, intervenendo a dare un taglio a "spazzare via" il passato e consentendo l'accettazione di nuove esperienze e nuove situazioni.

Bottlebrush aiuta nei cambiamenti, sia fisici che emozionali, infondendo serenità nell'affrontarli e rafforzando maggiormente il legame tra madre e figlio.

ILLAWARA FLAME TREE

Sono amato e accettato in ogni aspetto della vita
Accetto le responsabilità con gioia

Questa essenza sembra specifica per le situazioni di rifiuto ed emarginazione: quando una persona percepisce di essere rifiutata anche solamente a livello immaginativo.

Il rifiuto come vero e proprio stile di vita potrebbe essere messo in atto anche verso se stessi e, di conseguenza, è possibile giungere a situazioni di prostrazione, di negazione del Sé e di vere e proprie sindromi depressive.

Illawara Flame Tree aiuta a sbloccare il proprio potenziale, sia energetico che emozionale, per iniziare a compiere i primi passi verso nuovi tragitti e percorsi di fiducia e responsabilità verso se stessi, primariamente, ma verso gli altri e la vita in generale.

Un pizzico di... *PSICOLOGIA*

In questo racconto ci troviamo nuovamente di fronte al mondo dell'infanzia e agli eventi vissuti ed osservati attraverso gli occhi di un bambino.
Ci ritroviamo dunque a dover assumere una posizione che ci pone a vedere, ascoltare e valutare le cose da un punto di vista più immediato, più ingenuo e naturale.
Gli occhi dei bambini riescono in un attimo, guidati dall'istinto e con estrema capacità, a percepire e distinguere il buono dal cattivo, il bello dal brutto, il bene dal male.

Luca ha vissuto più volte l'esperienza di qualcosa che sente non essere corretto, che sa non essere giusto perché percepisce emozioni che lo fanno soffrire, che lo fanno stare male.
Ma Luca come tutti i bambini non ha ancora imparato la reazione opportuna o i comportamenti adeguati a questo tipo di situazioni.
Luca si trova a reagire con la mente di un bambino.
Si trova a sentire di aver bisogno di protezione, glielo comunicano il suo corpo e il suo istinto profondo.
Allora trova un oggetto, apparentemente un oggetto qualunque che assolve la funzione di difesa da ciò che spaventa e impaurisce.
L'oggetto assume un'importanza fondamentale e imprescindibile nella vita del bambino perché in qualche modo riesce ad aiutarlo a fronteggiare le sue emozioni.
Anche in questo caso l'interpretazione più semplice è proprio quella che all'inizio rimane nascosta. Capire che il comportamento infantile nasce come risposta a qualcosa di esterno visto, vissuto e interpretato con gli occhi di chi ancora non ha imparato, di chi ancora non ha completamente vissuto o totalmente esplorato la realtà e il mondo.

Da adulti dobbiamo avvicinarci, anche se può costare fatica, a quel mondo che il bambino ci mostra attraverso i suoi mezzi e le sue possibilità, è l'unico modo per poterlo comprendere e accompagnare lungo il percorso di vita che lo aspetta.

*Lo scandalo del contraddirmi,
dell'essere con te e contro di te;
con te nel cuore, in luce,
contro te nelle buie viscere…*
(Pier Paolo Pasolini)

Credere nel mondo e nella sua popolazione non è sempre facile anzi può essere molto difficile e coraggioso.
Un ringraziamento col cuore al coraggio di tutti coloro che, credendoci, hanno permesso la realizzazione di questo lavoro.
In particolare ringrazio Cristiana per l'idea brillante che mi ha offerto e Margherita per il prezioso contributo riguardante i risvolti psicologici.

Bibliografia

Almanacco della nutrizione – G.J.Kirschmann Alfa Omega 1999
Dizionario enciclopedico di omeopatia e bioterapia – Ivo Bianchi e Louis Pommier Ipsa 2007
Essenze floreali australiane – Ian White Tecniche Nuove 2004
Estratti Secchi: una questione di qualità ed attività – Andrea Poli e Claudia Valla
Ferdousi Libro dei Re – Maria Fazia Mascheroni Semar 2003
Fitoterapia impiego razionale delle droghe vegetali – F.Capasso G.Grandolini Springer Verlag 2006
Guida agli integratori alimentari – Michael T. Murray Red 2005
Guida completa alla nutrizione – P.Holford Tecniche Nuove 1999
I fiori del bene – Cristina Settanni Mondadori 2018
Il medico di se stesso – N. Muramoto Feltrinelli 1975
Il poema della medicina – Avecenna Brancato 1991
Il potere terapeutico dei fiori australiani – Ian White Tecniche Nuove 2006
La medicina degli antichi – Nicola Latronico Hoepli 1956
Le mille e una notte ed. integrale – Feltrinelli
Le nuove vie dell'ipnosi. Induzione della trance, ricerca sperimentale, tecniche di psicoterapia – Milton H. Erickson Astrolabio 1967
Le stelle del Dottor Bach – A. Tauber Espace Bleu 1995
Medicina naturopatica – Roger Newman Turner Hermes 1988
Omar Khayyam Quartine (Roba'iayyat) - Alessandro Bausani Einaudi 1979
Prescription for herbal healing – Phyllis A. Balch Avery 2002
Rimedi naturali – James F. Balch e Mark Stengler Armenia 2005
Secondo natura – James F. Balch e Phyllis A. Balch Longanesi 1990
Viaggio nel mondo delle essenze – Marina Ferrara Pignatelli Muzio 1991

Piero e la gamba sinistra	13
Antonio: l'operaio con la moglie lontana	35
Cinzia: la pasticciera 1,2,3…	47
Rosanna: l'insegnante di pianoforte	59
Andrea: l'ombra e la sua luna	71
Silvia che abbraccia gli alberi	91
Sara e il suo cane	107
Vorrei essere carbonico! (i sogni di Paolo)	125
L'ultimo colpo di tosse	177
Luca e l'ombrellino	195
Bibliografia	211

Printed in Poland
by Amazon Fulfillment
Poland Sp. z o.o., Wrocław

52552253R00127